대체 불가능한 창작자가 되는 법

여정 지음

창작자로 살기로 하면서 겪은 실패에 관하여

고등학교 1학년 때 어머니의 권유로 미술을 시작했다. 미술 입시를 일찍 한 편이지만, 영 소질이 없었나 보다. 정말 열심히 했지만 3수 끝에 겨우 대학에 들어갔다. 대학에 들어와 보니 '디자인과가 취업하기 좋다'는 학원 원장님의 말에, 아무 생각 없이 과를 선택했다는 걸 뒤늦게 깨달았다. 디자인에 관심이 전혀 없었다. '에이, 학교에서 알려주겠지.'라고 생각했지만, 1년이 지나도록 도무지 감이 안 왔다.

이대로는 안 되겠다 싶어서 복학을 하며 계획을 세웠다. 계획은 단순했다. 수업 시작 전에 디자인 관련 책 1권을 읽은 다음 과제를 하는 것이었다. 과제의 양이 많았지만, 지하철 이동 시간에 짬을 내서 계속 책을 읽었다. 처음엔 이게 도움이 되려나 싶었지만, '디자인에 재밌는 부분도 있구나.', '이런 요소를 신경 써야 하는구나.'라는 걸 조금씩 알게 되었다. 자연스럽게 흥미도 넓어지고, 읽은 내용이 작업에 자연스럽게 스며들었다. 그러다 보니 1학년 때 평범했던 성적이, 학기가 지날수록 점점 오르기 시작했다. 졸업식 때 돼서 미술대학 전체에서 수석으로 졸업했다는 걸 알게 되었다. 사실, 디자인과에서 학교 성적은 대기업 갈 거 아닌 이상에야, 별 상관이 없었다. 내가 대기업에 원서를 넣을 생각이 있는 것도 아니었다.

그렇지만 그건 내 인생 최초의 작은 성공이었다. 3번까지 입시에 실패하며 대학에 겨우 온 나는, 항상 자신을 패자라고 생각해왔다. 그때는 '왜 이것밖에 못 하냐'고 머릿속으로 자학하는 습관이 있었다. 스스로 '할 줄 아는 게 아무것도 없는 놈'이라고 생각했고, 그때는 자책하면 내가 더 간절해진다고 믿었다. 그래서 더욱 나를 몰아세웠다. 하지만 그럴수록 입시도 공부도 고통처럼 느껴졌고, 그 기간 내내 제발 이 고통이 끝나기만을 간절히 바랐다.

대학에 들어와서도 그런 기분은 여전했지만, 바꾸고 싶었다. 스스로 루저라고 생각하는 건 비참했다. 기분을 조금이라도 바꾸고 싶어 지푸라기라도 잡는 심정으로 책을 짚었다. 하다보니 '나도 책을 끝까지 다 읽을 수 있는 사람이구나'라는 생각이 들었고, 점점 내가 하는 일에 관심이 생기기 시작했다. 디자인을 어떻게 하는지 정말 궁금해졌고, 고통스럽게 살던 3수생 시절과는 달리, 정말 즐기면서 작업을 했다. 심지어, 졸업할 때쯤에는 이런 일을 평생 하고 싶다는 생각마저 들었다.

하지만 졸업의 기쁨도 잠시, 문제가 생겼다. 나는 취업을 해야 했다. 학교생활만 열심히 한 나머지, 취업 준비는 거의 안 했다. 포트폴리오를 보여주는 방식이 형편없었다. 너무 소심했던 나는 어디서 도움을 청하지도 못하고 있었다. 아무런 갈피도 못 잡고 있는데 구세주처럼 등장한 선배가 있었다. 낫심플 스튜디오의 조현후 디자이너다. 그때 형은 편집 디자인 회사에 몇 년간 근무하다 스튜디오를 차리려 고향에 내려왔는데, 흔쾌히 많은 도움을 주었다.

그전까지는 학교 도서관에 있는 옛날 책들만 읽어서, 오늘날 한국 디자인 흐름을 전혀 몰랐다. 하지만 나의 멘토는 현재 어떤 디자인 스튜디오가 최전방에서 있는지 알려주고, 독립출판 서점에서 개성 있는 작업을 많이 볼 수 있다는 걸 알려주었다.

나는 독립출판이란 걸 그때 처음 알았다. 내가 살던 고향 대구에는, 당시만 해도 독립출판 서점이 몇 안 되었다. 서점을 드나들면서, 일상의 실천이나 워크룸, 프로파간다, 사월의 눈과 같은 한국 디자인 스튜디오의 작업물을 접하게 되었다. 이런 세상도 있구나 싶었다. 자연스럽게 나도 그런 개성 있는 작업을 만들고 싶다는 생각이 스며들었다.

졸업할 때쯤 돼서, 내가 형에게 디자인 스튜디오에 들어가고 싶다고 말하자, 형은 잠시 생각하더니 한 가지 전략을 알려주었다. 가고 싶은 〈목표 디자인 스튜디오 목록〉을 만든 다음, 채용 공고가 나기 전에 포트폴리오를 메일로 돌리는 것이었다. 왜냐하면, 공고가 나기도 전에 포트폴리오를 보내면, 회사는 뜻밖의 관심에 좋은 인상을 얻을

것이라는 전략이었다. 처음엔 반신반의했지만, 그 방법에 대해서 더
자세히 알려달라고 했다.

그러자 형이 이런저런 디자인 스튜디오 홈페이지 주소를 알려주었다.
홈페이지를 같이 보면서 이 디자인 스튜디오는 어떤 걸 잘하고, 이
디자인이 어떤 점에서 좋은지 설명을 들을 수 있었다. 당시 나는
디자인을 판단하는 아무런 기준이 없었는데, 이때부터 그러한
기준이 조금씩 생기기 시작했다.

기준이 생기자, 〈목표 디자인 스튜디오 목록〉을 만들어 내 나름의
순위를 매겼다. 가장 높은 순위는 상업성과 작품성 둘 다 가지고 있는
H 디자인 스튜디오였다. 형과 스튜디오 홈페이지를 같이 볼 때면, 둘
다 동시에 '크~'하고 감탄을 연발하며 작업물을 자세하게 관찰했다.

작업물을 보면서 "형, 여기는 어떻게 가야 해요?"라고 물었다.
그러자 "여기는 여태까지 채용 공고가 뜬 적이 없어 아마
힘들걸."이라는 대답이 돌아왔다. 그래도 별 충격은 없었다. 나는
내가 별 볼 일 없는 인간이라고 생각했기 때문이다. 대단한
스튜디오가 평범한 사람을 쳐다보지 않는 건 당연하다고 느꼈다.
다만, 높은 목표를 정하면 내가 조금이라도 나아질까 싶었다.
그래서 〈목표 디자인 스튜디오 목록〉에 빼지는 않았다. 혹시라도
피드백이라도 한 줄 얻을 수 있을까 싶어서였다.

그다음 내가 할 일은 학교에서 만들었던 포트폴리오를 수정하는 일이었다. 디자인 작업뿐만 아니라 일러스트 작업도 넣었다. 일러스트도 할 줄 안다는 걸 보여주면 의외의 매력 어필이 될 수 있다고 생각했다. 그렇게 구성이 자리 잡히자 형식이 나왔고, 형에게 피드백을 받고 다시 수정하고 피드백을 받는 나날이었다. 3~4차례를 수정했다. 어느 정도 완성되자 메일로 포트폴리오를 회사에 돌리고, 연락이 없으면 다시 수정하고 포트폴리오를 돌리고. 이 과정을 계속해서 반복했다. 그러자 효과가 있었다.

몇몇 디자인 스튜디오에 연락이 온 것이다. B 디자인 스튜디오에서 가장 먼저 연락이 왔다. 업무 강도가 높기로 유명했지만, 배울 게 많을 것 같아 꼭 가고 싶었다. 하지만 첫 면접이라 너무 긴장한 나머지 어처구니없을 정도로 횡설수설하고 나왔다. 나왔을 땐 나도 어이없어 귀까지 벌게져서 나왔다. 결과는 당연히 안 좋았다.

연이어 다른 S 디자인 스튜디오도 면접하러 갔다. 면접에서 알게 된 건, 아직 신입을 안 뽑지만 어떤 사람인지 보고 싶어서 연락한 것이었다. 그래도 회사 구경도 하고, 편한 마음으로 대표님에게 디자인 이야기를 많이 들을 수 있어 좋았다. 후에 충원하면 연락을 주겠다고 했는데, 미안해서 하는 소리겠거니 싶었는데 정말 연락이 왔다. 하지만 그때는 다른 회사를 막 입사한 상태라 가지 못했다.

그 이후로 몇 개월간 다른 스튜디오에서는 연락이 없었다. 선택해야 했다. 기준을 낮추던지 조금 더 시도해 볼 것인지. 나는 조금만 더 시도해보기로 했고, 다시 포트폴리오를 보충하고 돌리는 작업을 계속했다. 밤에는 형과 함께 24시간 카페에서 작업을 하고 밤을 새운 다음, 새벽에 아르바이트하다가 집에서 자고 밤에는 다시 카페에 갔다. 어느새 취업 준비를 한 지 1년이 다 되어가고 있었고, 결국 한 군데에서 연락이 왔다. 가장 가고 싶었던 스튜디오인 H 디자인 스튜디오에서 연락이 온 것이다.

지난 1년의 고생이 기쁨으로 변하는 순간이었다. 형은 자기 일처럼 기뻐해 주고, 나도 드디어 잡은 기회를 놓치지 않으려 면접 연습을 계속하며 서울에 올라갔다. 드디어 회사에 도착했는데, 생각보다 더 거대한 사옥에 내 안에 움찔이가 나오려고 했다. 긴장감을 안고 데스크에 면접을 보러 왔다고 하니, 어딘가로 전화를 걸었다. 이윽고 올라와도 된다는 소리가 들렸고, 가보니 대표님이 세 분 앉아 계셨다. 보통 면접에선 대표님과 팀장님 두 분이 계셨는데, 이번엔 대표님이 세 분이 있으니까 더 떨렸다.

하지만 편하게 이런저런 이야기를 하면서 풀어져서, 포트폴리오 설명을 그럭저럭 끝낼 수 있었다. 설명을 마친 후, 표정을 살폈는데 긴 머리에 어두운 옷을 입으신 대표님 한 분이 표정이 안 좋았다.

흡사, 다스베이더가 연상되는 포스를 내뿜었다. 그분은 팔짱을 낀 채 심각한 표정으로 "그림에서는 어떤 사람인지 보이는데, 디자인에서는 그런 게 안 보여."라는 심각한 대사를 읊었다.

디자인 회사 면접을 보러 갔는데 디자인을 잘 모르겠고, 그림은 괜찮은 것 같다니. 썩 유쾌한 상황은 아니었다. 무슨 말을 해야 할지 고민했지만, 당황하기 시작하자 내 안에 움찔이가 내 혀를 조종했다.

"사실 저도 제가 어떤 작업을 하고 싶은지 잘 모르겠어요. 단지, 하고 싶은 작업을 하다 보면 내가 어떤 사람인지 알 수 있을 것 같아 여러 작업을 했어요."라고 고개를 푹 숙이고 말했다. 면접에서 하면 안 되는 행동이 101가지 정도 있다면, 10위 안에 들만한 행동이었다. 하지만, 그때는 정말로 내가 무엇을 하고 싶은지 갈피를 못 잡아 나 역시 답답했다. 잠시 침묵이 이어졌고, 곧이어 답변이 돌아왔다.

"내 생각엔 환경이 중요한 것 같아." 그때 당황한 나머지 자세한 내용은 기억이 나지 않지만, 그 답변의 요지는 자신도 모르게 주위 환경에 생각이 갇히게 되니, 좋은 환경에 끊임없이 노출되어야 한다는 것이었다. 당시에는 그 말이 막연하게 느껴졌다. 나는 '아, 이번 면접 또 글렀구나.'라는 생각이 들었다. 그 후, 이런저런 질문을 더 하다가 면접이 끝났고, 다스베이더 대표님이 회사를 구경시켜준다고 했다.

유명한 디자인 어워즈 상패들이 빼곡히 있는 걸 보고 놀랐지만, 더 인상적이었던 건 디자인 작업물이었다. 이 디자인 작업물의 의도가 뭐고, 이 작업물에선 어떤 걸 실험했는지 자세한 설명을 들었다. 설명을 들으니 나도 이런 걸 만들고 싶다는 열의가 더 들었다. 그렇게 회사 전체를 둘러본 후, 회사에서 디자인한 책을 세 권 선물 받았다. 이게 그분이 말하는 '환경'인가 싶었다. 피드백은 아팠지만, 당시 기분은 홀가분했다. 면접에서 떨어지든 말든 지금 내 능력치에서 할 수 있는 최대한도까지 했다는 생각이 들었다.

면접 결과는 당연히 떨어졌다고 생각했지만, 사람 마음이 야속한 게 연락을 기다리게 되었다. 아무것도 손에 안 잡혔고, 망부석처럼 앉아 한 달을 메일과 핸드폰을 뒤적였다. 하지만 역시 연락이 안 왔다. 꿈이 높았던 만큼, 그만큼의 고통도 따라왔다. 이번에 찾아온 패배감은 3수 때 그 이상이었다. 너무 스트레스를 받은 나머지 매일 누르던 핸드폰과 집 비밀번호를 까먹기도 하고, 카페에서 작업하다 갑자기 밀려오는 우울함에 손가락 하나 까딱할 힘도 없었다.

"그림에서는 어떤 사람인지 보이는데, 디자인에서는 그런 게 안 보여."라는 말이 무슨 말인지 계속 생각했다. 차이가 대체 뭐란 말인가? 그 말에 앞으로 가야 할 길의 방향이 있다고 생각했다. 처음에는 디자인보다 그림이 낫다는 소리인가 싶었는데 그건 아닌 것 같았다. 그러다 결론을 내렸다.

둘의 차이는 누가 시켜서 한 것과 아닌 것의 차이다. 포트폴리오는 학교에서 시켜서 한 작업물이지만, 내가 그렸던 그림은 누가 시키지 않아도 스스로 자유롭게 했다. '억지로 하는 일이 아닌, 자신의 정체성이 드러나는 일을 계속하면 되지 않을까?'라는 결론을 내렸다. 회사에 취업하더라도 나태해지지 말고, 내 정체성을 녹인 작업을 시작하면 된다고 생각하니, 다시 일어날 수 있었다.

그 후, 편집 디자인 회사 한 곳에 다니게 되었지만, 잘 안 맞았다. 하지만 다행히 다른 디자인 스튜디오에 바로 취업을 했다. 이곳 대표님은 이전 면접을 보았던 B 스튜디오의 실장을 하시다가 나와서 스튜디오를 차리신 분이었다. 한 날은 대표님이 B 스튜디오에 있었을 시절, 그곳에 독특한 기업문화에 관해 설명했다.

거기선 새로 들어온 인턴들에게 주말마다 서울에 있는 전시를 돌아다니게 한 후 발표를 시킨다는 것이다. 창작에 있어선 보는 눈이 중요하고, 스킬이 부족하더라도 보는 눈이 좋은 사람은 금방 는다고 이야기했다. 그러면서 주말에 놀지 말고, 전시회를 다니며 사진을 찍고 회사 폴더에 공유하라고 말씀을 하셨다. 이곳 대표님까지 '환경'이 중요하다고 말하니, 정말 그게 그렇게 중요한가 싶었고, 나는 회사로 출근하지 않는 주말엔 혼자서 매일 전시를 보러 다녔다.

하지만 스튜디오 생활이 너무 바쁜 나머지, 시간이 갈수록 밤낮과 주말 없는 생활이 반복되었다. 잘 시간도 부족한 바쁜 생활이 반복되니, 내 작업을 할 수 없었고, 그럴 때마다 정체성을 녹인 작업을 하고 싶다는 열망이 점점 더 커졌다. 회사를 나올까 싶었지만, 겁이 났다. '내가 나와서 혼자서 잘할 수 있을까?' 이도 저도 아닌 상황이 반복되었고, 가라앉고 있다는 느낌이 들었다.

그러다 서울에 올라온 지 2년쯤 되었을 때, 할머니가 임종을 맞으셨다. 충격이 컸다. 할머니와 오래도록 같이 살면서 종종 모진 소리도 들었지만, 내가 하고 싶은 일에 대해서 그런 적은 단 한 번도 없었다. 생각이 많았다. 가까운 사람의 죽음을 체감하니 인생을 되돌아보게 되었다. 할머니가 나에게 '죽기 전에 진짜로 해보고 싶은 걸 해라. 남이 시키는 일만 하다가는, 죽을 때까지 원하는 삶을 못 산다.'고 말하는 것 같았다.

몇 개월 후, 회사를 나와 진짜로 하고 싶은 걸 찾기로 했다. 솔직히 뭘 해야 할지 감이 하나도 안 잡혔다. 그래서 책을 다시 읽기 시작했다. 책 자체가 좋은 '환경'이 될 수 있다고 생각했고, 정체성이 담긴 작업을 하려면 어떻게 해야 하는지 궁금했다.

그 답을 찾다 보니, 브랜딩, 마케팅, 심리학 등 관심의 폭이 점점 넓어졌다. 또 이 분야 속에 정체성을 구축하는 힌트가 들어있다는 것을 알게 되었다. 하기 싫은 일을 하면서 생존하는 것이 아닌, 나답게 살면서 생존하고 싶었다. 그러려면 꾸준히 학습해야 했고, 점점 나태해지는 걸 막기 위해 보는 눈을 만들었다. 내가 찾은 고민거리에 대한 답을 찾은 후 SNS에 카드 뉴스와 글을 만들어 배포하기 시작했다. 그러자 많지 않지만 한 분, 두 분씩 댓글을 달아주었고, 자신을 위해서도, 그리고 남을 위해서도 꾸준히 할 수 있는 원동력을 갖게 되었다.

그렇게 하다 보니 어느새 책으로 만들 수 있을 정도의 분량이 나오게 되었다. 이 책은 작업의 정체성을 넣는 법을 연구하면서 공유한 28편의 카드 뉴스와 글들을 정리하고 분류한 책이다.

좋은 환경이 좋은 창작자를 만든다는 말을 처음엔 의심했다. 하지만, 과정에서 믿음이 점차 생기기 시작했다. 살면서 여러 책과 멘토들에게 도움을 받았다. 나도 진심으로 나와 같은 창작자에게 도움이 되는 사람이었으면 한다. 이 책이 당신이 대체 불가능한 정체성을 가진 창작자가 되는 데 부디 도움이 되기를!

여정 카드뉴스(www.workofyeojung.com)

필수는 아니지만, 이 사이트에서 그동안 진행해 왔던 카드뉴스와 판매 예정인 전자책 샘플을 무료로 받아볼 수 있는 구독 서비스를 제공하는 중이다.

여정 블로그(blog.naver.com/yeojung-art)

그동안 적어왔던 글들을 읽기 쉽게 분류한 블로그다. 크게 아래 5가지 카테고리로 분류되고 여러 가지 보충 자료도 만나볼 수 있다.

- **여정의 성장일지** : 페이스북을 통해 나만의 일러스트 콘텐츠를 개발하는 과정을 다룬다.
- **소셜마케팅** : SNS와 관련된 기본적인 마케팅, 심리학 정보들을 접할 수 있다.
- **스킬** : 일러스트, 포토샵 초보자들을 대상으로 한 유용한 지식을 쉽게 풀어서 설명한다.
- **정보** : 창작자들에게 유용한 사이트를 정리하고 분류한다.
- **자료실** : 타임로그, 아이디어 스케치 등 창작자들에게 도움 될만한 자료를 무료로 다운받을 수 있다.

여정 카드뉴스 / 여정 블로그

13

3. 심리&뇌 과학 Psychology&Brain Science

Chapter
01

디자인
&
브랜딩

Design
& Branding

①

브랜드의 핵,
브랜드 정체성에 관하여

정체성이 대체 왜 중요할까?

전략 커뮤니케이션 전문가 사이먼 사이넥의 TED 강연은 브랜드 정체성의 핵심을 뚫는 통찰을 담아냈다. 그는 이 강연에서 그는 영감을 주는 기업과 아닌 기업의 차이를 언급했다. 그 둘의 가장 큰 차이가 뭔지 아는가? 정체성이다.

정체성이 뚜렷한 기업은 내부에서부터 밖으로 발산하지만, 정체성이 약한 기업은 외부에서부터 안으로 수렴한다. 쉽게 말해, 전자는 스스로 일하지만, 후자는 상황에 휘둘린다.

사이먼 사이넥은 우리가 정체성을 찾기 위해 반드시 던질 질문이 있다고 하였다. 그게 뭘까? 그걸 이해하기 위해서는 정체성은 무엇인지에 관해 먼저 알아야 한다.

정체성은 정의하기에서 시작된다

"특별함은 정의내리기 때문에 가치를 지닌다. 모두가 똑같다면 자의식을 갖기 어렵다."

조나 버거^{Jonah Berger}, 마케팅학 교수

당신이 어떤 사람인지는 **'자신을 어떻게 정의하는가'**로 결정된다. 가령 자신을 예술가라고 소개한다고 해보자. 아마 당신은 전시와 예술품을 감상하러 다니는 것을 즐긴다고 말할 것이다. 당신이 그렇게 말한 이유는 자신을 타인과 구별하기 위해서다. 아무도 자신을 소개할 때 "전 인간입니다"라고 말하지 않듯 말이다.

이처럼 '자신을 어떻게 정의하는가'는 중요한 문제다. 모든 말에 '네'라고 대답하는 사람은 타인과 구별되는 정체성을 확립할 수 없다. 뭐가 맞고 뭐가 아닌지를 확실하게 말할 수 있어야 한다. 왜냐하면, 그 사실이 타인과 구별되는 자신만의 특별함을 알려주기 때문이다.

다시 말해, '무엇이 아닌가'는 자신이 다른 것들과 구별되는 독특한 '차별성'을 뜻한다. 이 차별성이 나를 드러내는 것이다.

우리는 소비를 통해 특별해지려 한다

"현대의 소비문화는 개인, 사회, 정치적 정체성 창조에 적극 관여한다."

셀리아 루리 $^{Celia Lury}$, 연구원

당연한 소리지만 우리는 모두 다 다르게 태어났다. 나이, 성별, 경제력, 취향 어느 하나 같은 것 없이 산다. 그리고 이런 차이 때문에 사람에 따라 필요한 물건도 다 다르다.

이것이 무슨 사실을 의미할까? 물건은 그 사람을 보여줄 단서가 된다. 사람은 물건을 통해 자신의 정체성을 표현하기도 하는 것이다. 당신이 고른 물건은 당신이 누구인지 말해준다.

제품이 쓸모없을수록 정체성을 더 잘 드러낸다

당신이 자신을 힙스터라고 여긴다고 해보자. 그리고 지금 정체성을 높여줄 물건을 찾고 있다. 뭘 살 것인가? 책상을 닦을 휴지를 살 것인가? 아니면 고급스러운 백을 살 것인가? 당연히 백을 살 것이다. 둘은 거대한 차이를 갖고 있기 때문이다.

휴지는 그냥 기능성만 있을 뿐이지 정체성을 보여주지 못한다. 하지만 그 휴지가 슈프림 로고가 박힌 값비싸고 쓸모없는 휴지라면? 이 경우엔 얘기가 달라진다.

그 제품은 더 이상 기능성 제품이 아니다. 왜냐하면, 기능보단 정체성을 보여주는 제품으로 탈바꿈했기 때문이다. 쉽게 말해,

제품에서 신경 써야 할 것은 기능성만이 아니다. 특히 당신이 창작자라면 당신이 만들어내는 것의 정체성에 더 초점을 맞춰야 한다.

정체성을 보여주는 제품의 극단적 사례

"시간을 알려주는 시계는 누구나 살 수 있습니다."

이반 아르파[Ivan Arpa], 로맹 제롬 CEO

로맹 제롬이 '낮과 밤'이라는 최고급 시계를 내보인 적 있다. 이 시계는 타이타닉호 잔해에 나온 금속과 고급 기술이 적용되었다. 시계의 정확성이 중력에 방해받지 않도록 고안된 무브먼트 기술인데, 이 기술이 심지어 하나가 아닌 두 개나 들어가 있었다.

여기서 여러분은 '와, 그럼 이 시계의 시간은 너무 정교한 나머지 1초라도 틀릴 리 없겠구나.'라고 생각할 것이다. 하지만 다음 사실이 당신을 어처구니없게 만들 것이다.

이 시계는 낮인지 밤인지만 알려줄 뿐, 시간을 잴 수 없었다. 이해가 가는가? 정확성을 위해 고급 기술을 2개나 적용했는데, 완성된 시계는 낮과 밤만 알려줄 뿐인 멍청한 시계를 만든 것이다.

그런데도 이 30만 달러짜리 시계는 이틀도 안 돼 모두 팔렸다. 역설적으로 아무 기능이 없기에 사람들이 더 원했다. 기능적인 가치를 덜어내고 나니, 구매자의 정체성을 더 쉽게 보여줄 수 있었기 때문이다. 사람들은 이런 제품에 더 열광한다.

정체성을 높이는 제품이 왜 더 가치 있을까?

사람의 욕구에 단계를 매기는 재밌는 생각을 한 심리학자가 있다. 다들 미국의 심리학자 에이브러햄 매슬로에 대해 한 번쯤 들어보았을 것이다.

그는 욕구의 단계를 5가지로 나누었다. 하위 단계는 생리적 욕구고, 상위 단계로 갈수록 자아실현과 같은 높은 단계로 채워진다.

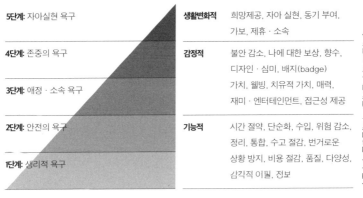

5단계: 자아실현 욕구		생활변화적	희망제공, 자아 실현, 동기 부여, 가보, 제휴·소속
4단계: 존중의 욕구		감정적	불안 감소, 나에 대한 보상, 향수, 디자인·심미, 배지(badge) 가치, 웰빙, 치유적 가치, 매력, 재미·엔터테인먼트, 접근성 제공
3단계: 애정·소속 욕구			
2단계: 안전의 욕구		기능적	시간 절약, 단순화, 수입, 위험 감소, 정리, 통합, 수고 절감, 번거로운 상황 방지, 비용 절감, 품질, 다양성, 감각적 어필, 정보
1단계: 생리적 욕구			

매슬로 욕구 단계설 | 베인&컴퍼니 연구

각 단계는 하위 단계부터 순서대로 충족되고 상위로 올라갈수록 더 희소하고 가치가 높아진다. 이 이론을 기반으로 배인&컴퍼니라는 미국 경영 컨설팅 회사가 연구하고 확장하여 표를 만들기도 했다.

이 이론의 틀을 쉽게 말하자면, 배부르고 등 따시면 좀 더 다른 걸 해보고 싶어지는 게 사람 마음이다. 앞서 말한 '낮과 밤'이란 쓸모없는 시계가 왜 비쌌을까? 그 이유는 이 시계가 높은 수준의 욕구를 충족시켰기 때문이다.

이는 사람들이 값비싼 외제 차나 예술품, 값비싼 옷을 사는 이유와 같다. 그들은 소비함으로써 존중을 바라고, 자신의 정체성을 표현하길 바란다. 그리고 그들은 이 시계를 자신을 표현하는 수단으로 활용했을 뿐이다. 사람들은 기능적인 제품에 높은 가치를 매기지 않지만, 자신이 중요하다고 생각하는 가치를 드러내 주는 수단에 대해선 돈을 아끼지 않는 법이다.

그렇다면 사람들은 왜 이런 걸 원하는 걸까?

이제 우리는 '니즈'가 아닌 '원츠'를 원한다. 오늘날은 '니즈'의 시장에서 '원츠'의 시장으로 이동하고 있다. 이 둘을 이해하려면 이들의 약자를 이해할 필요가 있다.

니즈(functional needs)는 기능적 필요의 약자고, **원츠(mental wants)**는 심리적 욕망의 줄임말이다.

오늘날은 예전과 달리 필요가 충족되고 욕망이 결핍된 시대다. 쉽게 말해 굶어 죽는 사람을 찾기 힘들어졌다. 생존이 충족되니까 더 높은 단계의 욕구가 필요해진 것이다.

개, 걸이 아닌 도를 노려라

그렇다면 오늘날 같은 다양성 시대에 우리는 어떤 수를 두어야 할까? 이에 대해 김세일(애플 코리아 디자인 디렉터)이 적절한 비유를 들었다. 그는 좁고 깊게 가는 전략을 '도', 넓고 크게 가는 걸 '모'라고 말한다. 그는 대기업이 아닌 이상에야 무조건 '도'를 노리라고 말한다.

왜일까? '개'나 '걸'은 정체성을 나타내기 애매하기 때문이다. 게다가 '모'라는 수는 막강한 자본력을 가진 대기업에서만 낼 수 있는 수이다. 가격 경쟁을 할 수 있을 만큼 충분한 자본력이 뒷받침되어야 하기 때문이다. 그럼 포기해야 할까? 아니다. 우리는 '도'를 낼 수 있다. 작지만 확실한 수를 두어 사람의 마음을 사로잡을 확률을 높이는 것이다.

정체성의 시작은 '왜?'에서부터

그렇다면 정체성이 확실한 '도'를 내려면 어떻게 해야 할까? 이게 앞서 말했던 정체성 강화를 위해 꼭 필요한 질문이다. 그 답은 단순하다.

이를 위해선 당신이 이 일을 '왜?'하는지 먼저 생각해봐야 한다. 왜냐하면, 사람들은 더는 '무엇을?'(당신이 하는 일)에 관심 없다. 사람들은 그 일을 '왜?'(신념) 하느냐에 더 관심 있다.

전자는 대체재가 많지만, 후자는 대체할 수 있는 수가 전혀 없다. 그렇기 때문에 충성도 높은 팬을 만들 수 있는 것이다. 제품 속 신념이 그들의 신념(정체성)과 정확하게 일치하기 때문이다.

당신은 왜 이 일을 하는가? 그 누구도 대체할 수 없는 당신만의 소명은 무엇인가? 진정한 '도'의 시작은 여기서부터다.

TIP & POINT ───────────────────────────────

① 브랜드에 있어 가장 중요한 것은 브랜드 정체성이다.

영감을 갖춘 기업들은 자신만의 특별한 브랜드 정체성을 지니고 있다.

② 사람들은 기능성만 보고 제품을 구매하지 않는다.

그들은 자신의 정체성을 드러내 주는 상품을 고른다.

③ 오늘날의 시장은 '니즈'의 시장에서 '원츠'의 시장으로 이동하고 있다.

예전과 달리 필요가 충족되고 욕망이 결핍된 시대에 살고 있기 때문이다.

④ 진정한 정체성을 찾기 위해 '당신은 왜 이 일을 하는가?'란 질문에

답할 수 있어야 한다. 당신이 창작해 내는 모든 것은 이 질문에 대한

대답일 뿐이다.

②

브랜드 정체성 확립의 필수 요소, 자체 프로젝트

프리랜서와 크리에이터의 차이

프리랜서(freelancer)와 크리에이터(creator)는 비슷해 보이지만 사실 다른 의미를 가진 단어다. 둘의 가장 큰 차이는 **'스스로 만드는 능력'**이다. 프리랜서는 클라이언트에게 수주받은 일을 한다. 하지만, 크리에이터는 자신의 정체성을 위해 자체 프로젝트를 진행한다.

이 별것 아닌 차이가 결국 하고 싶은 일을 하도록 돕는다.

작업은 정체성에 관한 증거다

'정체성(identity)'이라는 말은 '실재하다'라는 의미의 라틴어 'essentitas'와 '반복적으로'를 뜻하는 'identidem'에서 파생되었다. '반복된 실재'라는 말이다.

즉, 당신이 가장 많이 반복해서 하는 일이 당신의 정체성을 드러내 준다. 예를 들면, 작업을 많이 할수록 작가인 당신의 정체성이 강화될 것이다.

그렇다면 작가들은 어떻게 자신의 정체성을 구축했을까? 다른 작가들의 자체 프로젝트 사례를 통해 이에 관해 알아보자.

노상호 작가의 자체 프로젝트《데일리 픽션》

매일 이야기와 함께 그림을 그리는《데일리 픽션》시작 → 부지런히 스타일을 더욱 공고히 → 데뷔전부터 친구였던 가수 오혁의 1집 앨범 커버를 맡아줌 → 혁오가 알려지면서 앨범의 퀄리티에 대해서도 대중적인 호평 → 앨범뿐만 아니라 패션, 웹툰, 영상, 회화 등 지속적인 폭넓은 작업

이강훈 작가의 자체 프로젝트《데일리 드로잉 프로젝트》

《데일리 드로잉 프로젝트》시작 → 윤종신이 보고 리트윗 → 이를 계기로 월간 윤종신 아트디렉팅 → 진행하면서 일러스테이터 최지욱 발굴 → 최지욱 작가와 함께 부천국제판타스틱영화제 성공적 아트디렉팅 → 이후에도 차벽을 꽃벽으로 등 디렉팅 능력을 여실히 보여줌 → 일러스트뿐만 아니라 디렉팅 능력 확장

↑ 월간 윤종신 ↑ 부천국제판타스틱영화제

이수지 작가의 자체 프로젝트《앨리스》

대학 생활 중 아트북에 관심 → 아트북을 배우러 영국 유학 →
졸업작품으로 작업한《앨리스》가 해외 출간 기회를 얻음 →
이후에도 책의 물성을 활용한 꾸준한 동화 작업 → 한국인 최초
안데르센상 최종후보 노미네이트

거울 속으로 | 앨리스

세 작가의 공통점

앞서 살펴본 작가들의 공통점이 뭘까? 많은 이유가 있겠지만,
그들은 자체 프로젝트로 스스로 기회를 만들었다는 걸 주목할
필요가 있다. 이들은 자신의 정체성을 드러내는 작품을 지속해서
진행하면서 자신만의 아이덴티티를 공고히 했다.

작업에 담긴 유전자가 작가를 만든다

밈(meme)은 리처드 도킨스가 이기적 유전자에서 처음 제기한 학술적 용어다. 쉽게 말하자면, 밈은 인간의 유전자 단위와 같은 문화의 유전자 단위다.

나는 작가의 작업에서 나온 이 문화적 유전자 단위가 작가의 정체성을 만든다고 생각한다.

즉, 하고 싶은 작업물로 자신을 채우면 바라는 모습대로 되고, 하기 싫은 작업물로 자신을 채우면 그 작업을 또 할 위험이 있다. 당신이 어떤 정체성을 택했는지는 당신이 쌓은 작업물이 말해주는 것이다. 지금 당장 당신이 누구인지를 여실히 보여주는 자체 프로젝트를 기획해서 실행해보자.

TIP & POINT ────────────────────────

① 프리랜서와 크리에이터의 가장 큰 차이는 '스스로를 만드는 능력'이다.

② 정체성은 반복된 실재라는 의미다. 당신의 정체성을 드러내는 작업을 많이 쌓을수록 당신의 정체성은 더욱 강화된다.

③ 스스로 자체 프로젝트를 진행하여 기회를 만들어야 한다. 자신의 모습은 스스로 창조하는 것이기 때문이다.

③

브랜드가 스타일을
필요로 하는 이유

스타일이란 것은 왜 필요한 걸까?

나는 디자인을 전공했지만, 왜 작가가 스타일을 만들어야 하는지 항상 의문을 가졌다. 왜냐하면 디자인할 때는 스타 디자이너가 아닌 경우에야, 적당한 레퍼런스를 선택하고 조합해서 결과물을 만들면 끝이었다. 상황에 따라, 다르지만 적합한 결과물을 내놓으면 되는 것 아닌가? 왜 굳이 비슷한 분위기로 작업을 해야 하는지 이해를 하지 못했다. 하지만 많은 작가가 자신만의 스타일을 고집하는 데에는 이유가 있다.

스타일은 효율적이다

장점 1. 시간 대비 효율성

스타일은 효율적이다. 왜냐하면 작업마다 시간을 들여 새로운 톤&매너를 만들 필요가 없기 때문이다. 그리고 그 시간에 꾸준히 발전시킬 여지를 탐색하고, 개선해나갈 수 있다.

장점 2. 생산자적 입장

스타일을 만든다는 것은 개인의 브랜드를 만드는 것과 같다. 다만 상품이 아닐 뿐이지, 당신은 오랜 기간 개발한 아이덴티티 자체의 파생상품을 판매하고 있다. 쉽게 말해, 당신의 그림은 당신이라는 사람의 정체성에서 나오는 일종의 파생상품이다. 만약, 당신이라는 브랜드가 잘 다듬어진 상품을 만들고 있다면, 발품을 안 팔아도 사람들이 찾아올 것이다.

장점 3. 높은 타깃 적중률

다수의 기호에 맞춰 그려진 그림보다 '마음에 들어 하는 사람이 공감해주면 된다'는 전제하에 미의식을 발휘한 스타일은 **'적중력'**이란 차원에서 하늘과 땅만큼 차이가 난다.

장점 4. 각인 효과

브랜드가 일관된 감정의 영역을 자극하듯, 스타일도 그러하다. 스타일은 일관성 있는 분위기를 만들어, 소비자의 마음을 반복해서 두드린다. 마치 망치로 바위에 글자를 새기듯, 소비자의 뇌에 당신의 스타일이 뚜렷이 각인되기 시작하는 것이다.

스타일은 후천적으로 만들 수 있다

오늘날은 그림이 꾸준히 발전하면서, 나올만한 스타일은 이미 다나온 상황이다. 우리는 취향에 맞게 선택하고 조합하는 방식으로 새로운 스타일을 만들 수 있으며, 장르의 구분이 모호해지고 개인의 스타일이 하나의 브랜드가 되는 시대를 살고 있다.

스타일은 방향성을 제시해준다

자신의 스타일이 사람이라면 어떻게 말할까? 남성적인가, 아니면 여성적인가?

이와 같은 브랜드의 성격을 **브랜드 퍼스널리티(brand personality)**라고 한다. 브랜드도 사람처럼 성격이 있는 것이다. 좋은 성격이 사람들의 호감을 얻듯 스타일도 그렇다.

예를 들면, 우리는 일관성 있는 성격의 사람들을 좋아한다. 오락가락하거나, 예측할 수 없는 사람을 우리는 종종 '변덕쟁이'로 본다. 스타일도 사람과 마찬가지다.

브랜드를 사람이라고 생각하면 어떤 성격을 가지고 있는가? 남성에 가까운가? 여성에 가까운가? 어떤 어조로 말하는가? 연령대는 어떠한가?

이와 같은 설정은 당신의 브랜드에서 약간의 통제력을 만든다. 그렇다고 이것이 나쁜 것은 아니다. 오히려 당신의 작업에서 방향성을 제시해준다. 우리가 길을 나설 때 여러 방향으로 갈팡질팡하면서 가지 않듯이, 스타일은 한 방향으로 길을 잡을 수 있게 하는 길잡이 역할을 한다.

자신의 스타일을 만드는 데 도움 되는 방법

1단계. 자신이 어떤 계열에 있는 작가인지 확인한다

세상에 완전히 독창적인 것은 없다. 당신이 만드는 게 무엇이든, 이미 세상에는 나올만한 스타일은 다 나온 상황이다.

따라서, 당신의 작업물과 결이 비슷한 작가가 반드시 존재한다. 자신이 어떤 계열에 속한 작가인지 찾아보거나 추구하고 싶은 방향을 찾아보자.

이들의 작업 중 마음에 드는 부분은 무엇이고, 어떤 부분을 발전시킬 수 있을까?

2단계. 다른 작가의 워크숍에 가본다

자신의 강점을 모르겠다면, 다른 작가의 워크숍에 가보는 게 도움 된다. 프로들은 자신만의 그림을 보는 기준이 있다. 한마디로 그림을 보는 눈이 좋다.

여러 워크숍을 다니며 내가 느낀 건, 타인이 내 작업의 특이점을 더 잘 관찰한다는 것이다. 당신이 존경하는 작가의 워크숍에 들러보자. 혹시 아는가? 그들이 당신의 관점을 바꿀 조언을 해줄지 모른다.

3단계. 다른 작가의 스타일을 훔쳐 내 것으로 만들어라

"이 장에 실린 이미지 가운데 내가 새로 만든 건 하나도 없다. 다 어딘가에서 슬쩍했다. 하지만 맥락을 바꾸거나 원작자가 생각도 못 한 방식으로 이미지를 고쳐 써서 내 것으로 만들었다."

그래픽 디자이너 밥 길이 그의 저서 《이제껏 배운 그래픽 디자인 규칙을 잊어라…》에서 한 말이다. 챕터 이름마저 '도둑질은 좋다'다. 디자인을 잘하는 사람들은 레퍼런스를 훔쳐 자신의 것으로 만든다. 디자이너처럼 표현을 훔쳐서 내 것으로 만드는 방법을 배우자. 피카소도 말하지 않았는가. 위대한 예술가는 훔친다.

여기서 중요한 점은 전체를 그대로 모방하는 게 아니라, 특정한 한 부분을 내 것으로 만든다는 생각으로 접근하는 것이다. 자신에게 맞는 부분을 찾아서 당신의 작업에 맞게 최적화시키는 훈련을 해보자.

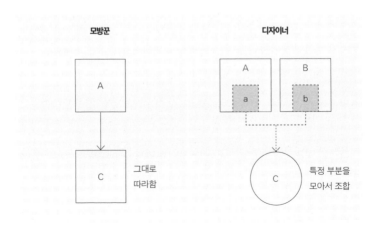

TIP & POINT ─────────────────────────────────

① 스타일은 효율적이며, 잘 다듬어진 스타일은 브랜드를 만드는 것과 같다.

② 특정 사람이 좋아하면 된다는 전제 하의 미의식을 발휘한 스타일은 '타깃 적중력' 차원에서 유리하다.

③ 당신의 스타일은 당신이 한 방향으로 갈 수 있게 해주는 길잡이 역할을 한다.

④ 타인의 스타일을 자신의 것으로 만드는 방법을 연구한다.

───

④

_____

브랜드에 의미를
담아야 하는 이유

의미 상실로 인한 허무주의

의미의 상실을 역사상 최초로 제기한 것은 철학자 니체다. 150여 년
전에 이미 현대인이 '의미 상실'이라는 문제에 부딪혀 니힐리즘, 즉
허무주의에 빠질 거라고 예언했다.

오늘날은 이 니힐리즘이 성행하는 상태이다. 우리는 '무엇을
위해서?'라는 질문에 대해 어떻게 대답할 수 있을까.

《뉴타입의 시대》를 쓴 야마구치 슈는 이런 모호한 시대에 필요한
것에 대한 유용한 인사이트를 제공해 준다. 지금부터 이에 관해
알아보자.

오늘날은 의미가 희소한 시대다

우리는 산업혁명 이후, 대량 생산으로 물건이 넘치는 세상에 산다.
예전에는 물건이 귀하고 의미가 충족되었다면, 오늘날에는 물건이
넘쳐나고 의미가 희소한 시대에 산다.

어느 시대든 젊은이들은 항상 '그 시대에 부족한 것'을 갈망한다.
기성세대는 젊은이들이 끈기 없다지만, 방향이 바뀌고 있을 뿐이다.

1980년 이전 기성세대	오늘날 밀레니얼 세대
물건이 귀하고 의미가 충족	물건이 넘쳐나고 의미가 희소
금전이나 물건을 보상	'의미'를 보여주고 할 일을 제시

현재 시장은 의미 있는 제품이 비싸게 팔린다

<table>
<tr>
<td rowspan="2">된다
의미가
안된다</td>
<td>도요타
1,000~3,000만원</td>
<td>BMW
0.5 ~1억원</td>
<td>**[1영역] 기능적**
'중요 의미'는 전달 안됨
[3영역] 기능+감성
1영역과의 차이는 감성이 있기 때문</td>
</tr>
<tr>
<td>2</td>
<td>람보르기니
2 ~10억원</td>
<td>**[4영역] 감성**
기능성이 적음에도 브랜드에 스토리, 상징이 있음</td>
</tr>
<tr>
<td></td>
<td colspan="2" align="center">없다 의미가 있다</td>
<td></td>
</tr>
</table>

1 → 3 → 4영역으로 갈수록 경제적 가치가 커진다. 즉, '도움이 되는' 상품보다 **'의미 있는'** 상품이 가치를 인정받는다. 타인과 차별화를 추구하는 선진국 사람들은 '의미 있는' 상품에 만족하기 때문이다. 왜 이러한 현상이 일어나는 것일까? 그 이유는 과거의 낡은 사고의 문제들이 새로운 시대의 사고와 마찰을 빚기 때문이다. 그 문제에 관해 더 알아보자.

문제 1. 지나친 논리적 사고는 차별성이 사라진다.

과거는 합리성의 시대라고 볼 수 있다. 사람들은 오로지 그들의 삶에 존재하는 문제를 해결하기 위해서 상품을 구매했다. 왜냐하면

소품종 대량생산의 시대에서는 심미적이라거나 의미 있는 상품은 필요가 없었기 때문이다. 그런 것은 먹고 사는 것의 다음의 문제였다.

하지만 지금은 시대가 변했다. 오늘날은 예전과 달리 우리 주변에 굶어 죽는 사람들은 찾아보기가 힘들어졌다. 사람들은 더 이상 '도움이 되는' 상품만 찾는 게 아니다. 그들에게 '의미와 가치가 있는' 상품을 찾기 시작하고 있다.

문제 2. 분석적 정보 처리 기술은 한계를 지닌다.

오늘날 같은 세계는 이성적 의사결정이 합리성을 보장할 수 없다. 왜냐하면 이런 논리적 해결책은 정형화된 문제에만 적용될 수 있기 때문이다. 새로운 미디어가 등장하면서 사회변화의 속도는 갈수록 빨라지고 복잡해지기 시작했다. 따라서, 점점 더 논리적이고 정형화된 사고는 한계를 보이기 시작한다.

문제 3. 논리는 의미를 만들 수 없다.

'도움이 된다'는 것은 명확해진 문제만 해결책을 제공한다는 것을 의미한다. 이때 논리가 크게 힘을 발휘하지만 '의미가 있는' 상품 시장에서도 통하는 전략은 아닐 수 있다. 사람들이 논리적 이유로만 상품을 구매하는 건 아니기 때문이다. 그들이 스타에 열광하고 스타들의 앨범을 구매하는 것을 논리적 이유로만 설명할 수 없듯이 말이다.

의미는 사람의 능력을 바꾼다

20세기 초 영토 확장 지향하던 여러 제국주의 국가에는 어느 나라가 극점에 가장 먼저 도착하느냐가 상당히 중요했다. 이 시기에 아마추어와 엘리트의 대결 구도가 이루어졌다.

노르웨이 탐험가 아문센과 엘리트 군인 스콧의 대결이었다. 모두가 로버트 스콧의 성공을 점쳤지만, 결과는 아문센의 압도적 승리였다. 둘은 **'동기부여'**에 차이가 있었다.

아문센의 동기는 극점에 최초로 발을 디딘 사람이 되겠다는 원대한 꿈을 가지고 있었다. 하지만 엘리트 군인이었던 스콧의 목적은 오로지 출세하겠다는 목적밖에 없었다. 이 차이가 성과에서도 중요한 차이를 만들었다. 아문센이 갖고 있던 비전은 평범한 그의 능력을 비범하게 바꾸어 놓았다. 사람이든 조직이든 무언가에 의미를 불어넣는다면, 특별한 능력을 갖추게 된다.

의미는 비전을 제시한다

21세기 큰 존재감을 보여주는 회사는 **'비전'**을 잘 정의한다. 그들은 '무엇을 위한 일인가?'라는 물음에 명확히 대답한다.

아래는 오늘날을 대표하는 기업의 비전에 관해 정리한 내용이다. 영감을 주는 창작자가 되고 싶다면, 이들처럼 이 일을 '왜 해야 하는지'에 관해 생각해볼 필요가 있다.

- **구글**: 세상의 모든 정보를 모아 누구나 찾아볼 수 있게 하는 것
- **애플**: 비효율적인 인간에게 지적 자전거가 될 좋은 컴퓨터를 만드는 것
- **피치항공(저가형 항공사)**: 젊은이들이 다양한 외국 친구들을 만들어 전쟁을 없애는 것

	존 F. 케네디, 아폴로 계획	구글
WHAT(목적)	1960년대 안에 인류를 달에 보낸다	전 세계의 정보를 정리하여 누구나 접속할 수 있게 한다
HOW(방법)	미국의 두뇌를 총동원해 최고 수준 인재와 체제를 갖춤	최고의 두뇌를 가진 독창적 인재로 컴퓨터와 웹 능력을 최대한 활용
WHY(이유)	인류의 가장 어려운 미션, 인류가 새로운 발전을 도모	정보의 격차는 민주주의를 위험에 빠뜨리므로 근절해야 한다

비전은 공감을 불러낸다

비전에 가장 중요한 요인은 '**공감할 수 있는지**'다. 사람들에게 목적과 이유(의미)를 잘 설명해야, 그들은 함께하고 싶은 마음을 갖게 된다. 잘 다듬어진 비전은 사람들의 마음에 공감을 불러일으키게 된다.

의미는 절대 모방할 수 없다

타사의 신제품을 자사의 제품에 이용하는 방법을 '리버스 엔지니어링'이라고 한다. 오늘날은 기술도 디자인도 무척 모방이 쉽다. 그렇다면 모방이 어려운 건 뭘까? 바로 **감성 가치로서의 의미**다. 예를 들면 애플은 잡스가 오랫동안 축적해온 정보를 바탕으로 그들만의 의미를 만들었다. 그는 다른 기업들이 오로지 기술력으로만 승부를 보려고 할 때, 반대로 전자 제품에 '의미'를 불어 넣었다.

결과는 성공적이었다. 사람들은 '다르게 생각하라'는 애플의 비전에 열광했다. 좀 오버해서 말하자면 애플은 제품이 만든 게 아니다. 그들은 '문학'을 탄생시킨 것이다.

이처럼 의미를 넣어 자신의 작업을 '문학'으로 만들어 보는 건 어떨까. 문학이 된 작업은 결코 모방할 수가 없기 때문이다. 오늘날과 같이 기술이 발달한 시대에도 여전히 의미의 중요성은 더 거대해지고 있다.

우리는 기계가 아닌 인간이기에 감성 가치인 '의미'를 통해 대중에게 다가갈 수 있어야 한다. 자신만의 'Why'를 찾아 세계의 가치를 전파하는 아디스드가 되어보자.

TIP & POINT ─────────────────────────────────

① 오늘날은 물건이 넘쳐나고 의미가 희소한 시대다.

② 현재 시장은 의미를 갖춘 제품이 더 비싸게 팔린다. 따라서, 브랜드
　 가치를 높이려면 의미를 어떻게 담을지에 대해 반드시 고민해야 한다.

③ 당신이 담으려는 의미는 비전을 갖춰야 하고, 공감할 수 있을 만한
　 가치를 담아야 한다.

④ 의미는 모방할 수 없다. 따라서, 같은 제품을 팔더라도 의미의 차이가
　 차별성을 만들어 줄 수 있다.

──

⑤

_____

퍼스널 브랜딩을 통해
영향력을 획득하는 방법

퍼스널 브랜딩은 군주가 권력을 얻는 방법이었다

《권력의 법칙》의 저자 로버트 그린은 자기 창조라는 개념은 예술의 세계에서 나왔다고 언급했다. 과거 수천 년 동안에는 오로지 왕과 군주 등 소수만이 대중적 이미지를 만들어내고 자신의 아이덴티티를 결정할 자유를 누렸다는 것이다.

놀랍지 않은가? 퍼스널 브랜딩의 기원은 자신의 이미지를 통제할 수 있었던 왕가의 권력 중 하나였다. 평범한 사람들은 자아에 대한 의식조차 갖추지 못했다. 지금부터 할 이야기는 퍼스널 브랜딩을 통해 영향력을 획득한 왕비에 관한 이야기다. 그녀가 어떤 방식으로 영향력을 획득할 수 있었을까?

앙리 2세는 왕세자 시절이었던 1536년에 디안 드 푸아티에를 만났다. 디안은 당시 37살이었고, 앙리는 17살이었다. 20살 차이였지만, 앙리는 당시 아내인 카트린 드 메디시스보다 디안의 침실을 더 자주 찾았다.

그리고 앙리가 왕이 된 1547년, 디안의 나이는 당시 48살이었다. 앙리는 새로 정부를 들일 수 있었지만, 그녀가 죽을 때까지 애정을 쏟았다. 어떻게 그럴 수 있었을까? 그 비밀은 디안이 사용하던 비밀무기에 있다. 그녀가 이용하던 비밀무기는 **상징**과 **이미지**였다.

강력한 비밀무기 - 상징과 이미지

1 모노그램 2 디안의 초상화 3 디아나 여신

무기 1. 상징

그녀는 자신과 앙리의 이름을 합친 '앙리디안'이라는 모노그램을 만들었다. 앙리는 자신의 궁정 예복 및 기념물, 루브르 박물관 정면, 파리의 왕궁 등 어디에든 이 상징을 붙였다. 이 이니셜은 둘의 결합을 상징했고, 앙리는 이를 볼 때마다 그 사실을 상기할 수 있었다.

무기 2. 컬러

디안은 검정과 흰색 옷만 입었고, 가급적 상징에도 이를 사용하였다. 그녀는 정식 부인이 아니었지만, 색상을 통해 기품 있는 분위기를 연출할 수 있었다.

무기 3. 이미지

그녀가 빌렸던 이미지는 자신과 이름이 비슷한 로마의 여신 디아나다. 디아나 여신은 앙리가 좋아하는 사냥의 여신이었으며, 르네상스 시대 예술에서 순결과 정숙을 상징하기도 했다.

그녀가 직관적으로 이해한 퍼스널 브랜딩

그녀가 하고 있었던 것은 무엇일까? 눈치를 벌써 챘겠지만, 그렇다. 그녀는 브랜딩을 하고 있었다. 브랜딩은 시각적 단서를 반복하여 사람의 뇌에 있는 감정의 영역에 공간을 만든다. 그녀는 정부였지만, 정숙을 상징하는 정교하고 일관된 신호를 만들어 반복적으로 노출해 앙리의 뇌에 쾌감을 불러일으켰다.

브랜딩의 3요소 - 감정, 시각적 단서, 반복

너무 중요해 다시 말하지만, 브랜딩은 시각적 단서를 반복하여 뇌에 있는 감정의 영역에 공간을 만드는 것이다. 그녀가 활용한 요소는 다음과 같다.

- **감정:** 순결함, 정숙함
- **시각적 단서:** 흰색과 검정, 앙리디안 이니셜, 디아나 여신
- **반복:** 표현만 다를 뿐 일관된 감정을 자극

그녀의 계획성 있는 브랜딩은 아네^{anet}에 있는 디안의 성에서 잘 드러난다.

- **석재:** 노르망디산 새하얀 석재에 박힌 검정색 규소 (검정 & 흰색)
- **성문, 건물 정면:** 초승달, 수사슴, 사냥개 (디아나 여신을 상징)
- **건물 내부:** 디아나 여신의 이야기가 담긴 거대한 테피스트리
- **정원:** 프랑스 조각가 쟝 구종이 만든 유명한 조각상 '정숙한 디안'

이 외에도 각 예술품을 구석구석 배치. 정말 영리하지 않은가? 그녀가 사용한 이미지와 상징은 각기 다 다르지만, '정숙함'이라는 같은 감정의 영역을 반복적으로 타격했다.

상징과 이미지의 효과

그렇다면 그녀가 이러한 상징과 이미지를 사용하여 어떠한 이점을 얻을 수 있었을까? 그녀가 이런 요소들을 사용하면서 얻을 수 있었던 장점은 다음과 같다.

장점 1. 경쟁자들보다 한 단계 격을 높일 수 있다

디아나는 이미 노령으로 다른 여인들에 비해 불리한 상황이었다. 하지만 자신의 이미지를 물리적인 차원이 아니라 정신적인 차원으로 포지셔닝을 함으로써 목적을 달성할 수 있었다.

장점 2. 복잡하게 얽힌 이성의 미로를 뚫는다

시각적 이미지는 언어라는 합리적 사고를 거칠 필요가 없고 바로 감정적 호소력을 갖는다. 상징도 똑같은 힘을 가진다. 이때 상징은 시각적(디아나 조각상)이든 언어적(태양왕)이든 상관없다. 순결, 사랑 같은 추상적인 개념은 강력한 연상을 일으킬 여지가 다분하다.

장점 3. 강력한 연상 효과를 불러일으킨다

우리의 뇌는 자동으로 인과관계를 만드는 습관이 있다. 예를 들면 멀끔히 차려입은 사람을 보고, 그 사람이 깔끔한 성격일 것으로 추정한다. 그날만 약속이 있어 신경 쓴 것일 수도 있는데 말이다. 이런 효과를 이용하여 당신이 풍기고 싶은 분위기를 만들어내야 한다.

그렇다면 이런 상징과 이미지의 효과를 어떻게 활용할 수 있을까?

STEP 1 | 어떤 분위기를 풍길지 먼저 정하라

일러스트레이터 말리카 파브르의 일러스트는 섹시하고 현란한 분위기를 풍긴다. 그녀는 입술, 패턴, 옵아트, 강한 색상 등의 여성적인 상징과 이미지를 차용하여 일관된 분위기를 만들어낸다.

예를 들면, 그녀의 로고는 점과 입술인데, 이는 섹시함의 아이콘 마릴린 먼로를 연상시킨다. 당신도 당신에게 맞는 분위기의 이미지와 상징이 뭔지 생각해보자. 이를 통해 사람들에게 강한 감정을 불러일으킬 수 있기 때문이다.

말리카 파브르의 홈페이지

Step 2 | 새로운 조합을 시도하라

여러 이미지와 상징을 섞어 여태껏 본 적 없는 것을 만들어내야 한다. 코코 샤넬은 당시 오픈칼라의 셔츠와 트위드 재킷을 매치했고,

머리에는 꼭 남성의 전유물이었던 보터 해트를 이용하여 중성적 이미지를 만들어냈다.

그녀는 이미 존재하던 것들을 섞었을 뿐이다. 하지만 그전까지 아무도 그런 식으로 입은 적 없었다. 코코의 디자인은 여성들도 남성들처럼 덜 끼는 옷을 입을 수 있다는 사실을 암시했다. 이 덜 끼는 옷에 투영된 자유와 힘은 당시 여성들의 억압된 욕망을 해소했고 그들은 코코의 디자인에 열광했다.

STEP 3 | 생각하게 만들지 말고 스며들어라

'모세는 동물을 한 종류당 몇 마리나 방주에 태웠을까?'

이 물음에 틀린 점을 찾는 사람이 워낙 적어 '모세 착각'이란 이름이 붙었다. 혹시 물음에 대답했는가? 만약 동물의 수를 말했다면 정답이 아니다.

'모세'는 방주에 동물을 태운 적이 없다. 동물을 태운 사람은 '노아'다. 둘 다 성경을 연상시키고 두 글자라 착각을 일으키기 쉬웠다. 위 물음에 모세를 조지 부시로 바꾸면, 사람들은 이상함을 금방 눈치챌 것이다.

당신이 사용할 시각적 단서나 상징도 이래야 한다. 뇌는 무언가 정상을 이탈하면 놀랍도록 빠르게 그것을 포착하고 이상한 점을 생각해낸다. 우리는 이미지나 상징을 찾을 때 단순히 눈에 띄는 소재가 아닌, 브랜드에 자연스럽게 스며들 수 있는 소재를 선택해 암시를 줘야 한다.

애플이 '다르게 생각하라'고 말하는 것이나, 나이키가 '그냥 해라'라고 말하는 것은 우연이 아니다. 그들은 사람들에게 이것저것 설명하려 들지 않는다. 그저 좋은 감정을 느끼게 할 뿐이다. 좋아하는 사람을 자꾸 쳐다보게 되듯이, 브랜드도 마찬가지다.

TIP & POINT ─────────────────────────────────

① 시각적 단서(상징과 이미지)의 효과는 다음과 같다.

· 경쟁자들보다 유리한 포지션을 점할 수 있다.

· 이성의 작용 없이 바로 감정적 호소를 하고 다가온다.

· 강력한 연상을 불러일으킨다.

② 브랜딩을 뇌과학의 관점에서 본다면, 정의하기 한결 쉬워진다.

브랜딩은 시각적 단서를 반복하여 같은 감정의 영역을 자극하는 것이다.

③ 브랜딩의 3요소는 다음과 같다.

· 감정: 당신의 브랜드가 불러일으킬 주된 감정의 영역

· 시각적 단서: 감정적 호소력을 갖는 여러 요소

· 반복: 표현은 다 다를지라도, 실처럼 그 표현을 한데 묶어야 한다

④ 시각적 단서를 활용하려면 다음 3가지를 생각해보자.

어떤 분위기를 풍길지, 어떻게 새로운 조합을 만들지,

사람들이 어떻게 생각하지 않고도 좋은 감정을 느끼게 만들지.

⑥

브랜드가 무의식에
침투하는 방법

브랜드를 다른 관점에서 바라보자

브랜딩에 관한 자료들을 찾아보면서, 분야마다 각자 브랜딩을 다르게 본다는 점에서 놀랐다. 디자인 분야에서는 브랜딩 구축에 있어 일관성 있는 톤&매너를 강조한다. 사업에서는 브랜딩을 부가가치를 높여주는 일종의 시스템으로 본다. 반면에 뇌과학에서는 브랜딩을 무의식에 침투하는 과정으로 본다.

지금부터 설명할 것은 뇌과학의 관점에서 본 브랜딩이다. 여태껏 브랜딩을 한 가지 관점에서 봤다면, 다른 관점에서 바라볼 좋은 기회가 될 것이다. 브랜딩을 디자인적인 관점에서 바라본 나에게도 좋은 기회가 되었다.

브랜드는 '뇌를 유혹하는 상품'을 만들어낸다

우리를 둘러싸는 제품은 여러 가지 종류가 있다.

생필품, 핸드폰, 액세서리까지 지금 우리 주변만 둘러봐도 다양한 상품이 있다는 것을 느낄 것이다. 그리고 이러한 상품을 뇌의 입장에서 봤을 땐 3가지로 구별할 수 있다.

유형 1. 뇌를 지루하게 하는 상품

연필, 청소용품, 화장지와 같은 기능적인 제품들이다. 이러한 제품들은 브랜딩에 신경을 쓴다고 해도 구매 열풍이 일어나지는 않는다. 왜냐하면 상품 자체가 지루하기 때문이다.

유형 2. 뇌를 활성화하는 상품

가전제품이나 음료수 같은 상품을 의미한다. 뇌를 지루하게 하는 상품보다 감정을 더 강하게 자극한다.

유형 3. 뇌를 유혹하는 상품

이는 멀티 감성이 풍부한 상품을 말하는데, 이러한 상품들은 정체성을 보여주고 그 자체로 엄청난 매력을 발산한다. 또한, 그것을 사용하는 사람의 지위와 개성을 드러낸다.

예를 들면, 비싼 스포츠카가 실용적인 면에서 다른 차들보다 떨어지더라도, 비싸게 팔리는 이유는 그것이 지위를 드러내기 때문이다. 이 경우에는 브랜딩이 앞선 상품들보다 큰 영향력을 가진다.

브랜드의 두 가지 중요 기능

기능 1. 브랜드는 고객에게 신뢰감을 준다

우리는 제품을 살 때 복잡하고 번거로운 결정 요인들 사이에 선택을 해야 한다. 하지만 여기서 생각할 거리가 끝나는 것이 아니다. 이 제품이 '믿을만한가?'에 대해서도 생각해보아야 한다. 이러한 불확실성의 영향을 감소시켜주는 것이 '브랜드'다. 우리가 제품에 대해 잘 몰라도 브랜드만 보고 고르는 이유도 이 때문이다. 한마디로 소비자가 브랜드를 신뢰하기 시작하면 '깊이 생각할 필요' 없이 구매할 확률이 높아진다.

기능 2. 상대에게 긍정적 감정을 불러일으킨다

브랜드를 뇌과학 관점에서 본다면 동일한 감정 영역을 자극하여 뇌에 브랜드가 들어갈 공간을 만드는 것이다. 따라서, 우리는 브랜드를 만들기 전에 상대에게 어떤 감정을 불러일으킬지 생각해보아야 한다. 아래는 사람들에게 좋은 기분을 불러일으키는 감정의 예시다. 나의 브랜드에는 어떤 감정이 어울리는지 생각해보자.

예) 안정감과 아늑함(균형/돌봄), 즐거움에 대한 약속(자극), 새로운 것과 자극적인 것이 선사하는 짜릿함(모험), 지위와 우월감(지배), 통제할 수 있다는 느낌(규율/통제)

브랜드는 뇌 속의 지정석을 갖고 있다

특징 1. 브랜드는 쾌감의 영역에 자리한다

우리는 매력적인 브랜드나 상품을 보면, 특히 뇌 속의 '쾌감중추'인 측좌핵이 왕성하게 활성화된다. 브랜드는 소비자에게 좋은 감정을 들게 하여 구매로 이어지게 하는 것이다.

특징 2. 브랜드는 뇌 속 감정의 영역을 장악한다

브랜드는 상품의 특성과 감정이 끈끈하게 붙어있을 수 있도록 하는 접착제다. 특정 브랜드가 감정을 많이 불러일으킬수록 해당 브랜드의 가치는 커진다.

브랜드 개발은 끊임없는 확장공사와 같다

브랜드는 공사와 비슷한 면이 있다. 소비자의 뇌에서 브랜드를 잘 구축하려면 어떻게 해야 할까? 간단하다.

브랜드 메시지를 반복적으로 노출해, 뇌의 같은 영역을 계속 자극하면 된다. 요점은 **'자기 유사성'**이다. 디자인에선 이를 **'톤&매너'**라 말한다. 쉽게 말해, 브랜딩은 소비자의 뇌에 공간을 만드는 공사를 하는 것이다. 처음엔 작은 공간으로 시작했다가 그 위에 끊임없이 확장공사를 해 공간을 넓힌다.

여기서 핵심은 '같은 감정을 자극해야 한다'는 점이다. 왜냐하면 다른 형태의 감정을 자극하는 것은, 애써 기초공사를 힘들게 끝내자마자 다른 곳에 새로운 구덩이를 파는 것과 같다. 굳이 엄청난 비용을 들여서 이렇게 할 이유가 없다.

동일한 브랜드 계좌에 돈을 넣어라

성공적 브랜드는 뇌를 반복하여 활성화하고 강화한다. 각기 다른 시간, 장소, 매체를 통해 발송된 모든 신호가 '소비자의 뇌'라는 동일 계좌에 쌓이는 것이다. 즉, 본질적 가치 창출은 생산시설이 아닌 고객의 머릿속에 있다.

다양하게 브랜드를 연출하되 핵심을 뚫어라

막강한 브랜드는 다양한 감정 영역을 자극한다. 인터넷으로 인해 브랜드는 감정적인 측면에서 소비자와 다양한 커뮤니케이션이 가능해졌다. 다양한 채널을 통해 소비자들과 쉽게 소통이 가능해진 것이다.

이를테면 이벤트, 프로모션, 인터넷, 제품 포장, 전시 등이 해당된다.

다시 한번 말하지만, 뭐가 되었든 이런 모든 매체에서의 시각적 신호는 브랜드 핵(핵심적인 감정 영역)을 담고 있어야 한다. 그리고 이를 잘 엮어 소비자의 목에 걸어주자. 그래야 소비자들이 당신에게 좋은 감정을 갖고 교류하기 시작하기 때문이다.

TIP & POINT ─────────────────────────

① 뇌에 관점에서 상품은 뇌를 지루하게 하는 상품, 활성화하는 상품, 유혹하는 상품으로 분류된다. 이 중 브랜딩이 가장 강력하게 영향력을 끼치는 상품은 뇌를 유혹하는 상품이다. 당신이 무얼 만들어내든 뇌를 유혹하는 상품을 만들어야 한다.

② 브랜드는 고객에게 신뢰감을 주고, 긍정적인 감정을 불러일으킨다.

③ 브랜드가 불러일으키는 긍정적 감정의 세기가 클수록 브랜드 가치는 올라간다.

④ 브랜드는 끊임없는 확장공사와 같다. 동일한 감정 영역을 꾸준히 자극하고 넓혀야 한다.

⑤ 당신의 브랜드가 어떤 매체를 통해 말하든, 그것은 브랜드 핵(정체성)을 붉은 실처럼 관통해야 한다.

─────────────────────────

⑦

작가가 알아야 할
기본적인 지류 상식

우리가 물건을 사랑하게 되는 이유

사람은 보고, 듣고, (냄새를) 맡고, 맛보고, 느낀다. 오늘날 디지털 시대가 왔음에도 여전히 오감의 중요성은 작아지지 않았다. 예를 들면, 온라인 서점에서 더 싸게 살 수 있음에도 동네 서점에 가는 것, 음원으로 감상할 수 있는 음악을 LP로 듣는 것도 그런 이유에서다.

그렇다면 그림책이 전자책에 대항하려면 어떻게 해야 할까? 우리는 **'물성'**을 강화하는 방법으로 전자책에 대항할 수 있다. '물성'은 오감을 통해 직접 느껴지는 물체의 성질을 말하는데, 이것이 물건을 사랑하게 되는 이유다. 당신은 물건을 느낄 수 있다.

물건은 물리와 심리의 교감이다

물리는 물질적 축(책)이고, **심리**는 인식하는 사람(독자)의 심리적 축이다. 물리와 심리는 상호작용하며, 움직이며 생각하게 한다.

쉽게 말하면, 책을 보는 건 물리와 심리의 교감이라고 볼 수 있다. 물질과 사람이 만나 상호작용하며, 생각하기 때문이다.

물리 물질의 이치		심리 마음의 이치
색의 분포		Figure
종이·화면	모양+지면=모습	Ground
그림의 형태		Gestalt

아트웍을 기획할 때부터 물성도 생각해보자

포푸리 작가의 《1+1 COLOR MIXER》는 기획 단계에서부터 물성을
어떻게 활용할지 잘 고려했다. 그녀의 리소 인쇄와 그림 능력으로,
특별한 컬러칩 북이 탄생했다. 이 책은 리소 색을 섞는 비율에 따라
실제 색상이 어떻게 나오는지를 재치 있고 위트있게 보여준다.

1+1 COLOR MIXER

어떤 종이를 선택할 것인가

코팅의 여부에 따라 도공지와 비도공지로 나뉜다. 러프그로스지는 도공지와 비도공지의 장점을 섞었지만, 좀 더 비싸다. 책을 만들 때에는 자신의 그림에 맞는 옷(종이)이 무엇인지 생각해보자.

비도공지를 선택했을 때의 팁

비도공지는 도공지만큼 색상 발현이 우수하지 않지만, 은은하고 자연스러운 느낌을 준다. 아래는 비도공지를 사용할 때의 신경 써야 할 점이다.

팁 1. 색상과 화면의 차이

잉크가 많이 날아가기 때문에 색상이 날아갈 것을 예상하고 더 올려야 한다. 여기서 지류에 질감이 있거나 오프셋 인쇄를 하려면 색상을 예상보다 더 올려야 한다.

팁 2. 정밀한 표현에 불리

비도공지에서는 대략 5%의 톤 차이 정도밖에 표현을 못 해서 세밀한 표현을 하기 어렵다. 그라데이션이 많은 작업물은 디테일한 묘사가 날아갈 위험이 있다.

팁 3. 분량이 많다면 값싼 비도공지를 사용하자

분량이 많다면 군이 비싼 용지를 살 필요가 없다. 종이의 재질보다 내용의 흐름이 먼저 눈에 들어와야 하기 때문이다. 우리가 만화책을 읽을 때를 생각하면, 이 사실을 쉽게 이해할 수 있다. 대부분의 사람은 만화책을 읽을 때 인상 깊은 명장면을 제외하고는 스토리 위주로 훌훌 페이지를 넘길 것이다.

종이 선택의 요소 – 하나만 골라야 한다면

종이를 선택할 때 많은 요소 중 하나만 선택할 수 있다. 다 가진 자는 없다. 하나가 좋으면 다른 게 부족하다. 종이도 그렇다. 내 작업에 우선순위를 정하고 그에 맞춰 종이를 골라보자.

두께	광택	색상 발현	백색도	텍스쳐
· 책 본문 뒤비침 현상과 관련 · 책등 면적 결정 · 전체적 인쇄물 물성에 관여	광택도가 높을수록 인쇄 적성과 색 재현이 우수	출력했을 때 색상이 날아가지 않고 구현되는 정도	· 종이가 백색을 띠는 정도 · 색 재현에 영향 · 인쇄물의 외관 가치를 좌우	· 종이의 촉감 · 물성의 중요 요소 · 코팅의 유무, 두께 등에 따라 달라진다

화면의 검은색은 출력했을 때 다른 느낌일 수 있다

출력 할 때 CMYK의 합이 300이 넘으면 인쇄사고 날 확률이 높다. 종이 입자에 과도하게 많은 잉크가 들어가기 때문이다. 대신 아래와 같은 Rich Black을 사용해보자. 사실 k 100을 사용하면 4도 인쇄가 아닌 1도 인쇄라 비용은 더 저렴할지 몰라도, 약간 짙은 회색의 느낌이 들 수 있다. 이게 마음에 안된다면 C, M, Y, K를 일정한 비율로 섞으면 된다. CMYK가 300이 넘지 않는 선에서 사용하면 보다 선명한 검은색을 만들 수 있을 것이다.

*CMYK는 Cyan 청색, Magenta 분홍, Yellow 노란, blacK 검정의 약자다. 프린팅할 때 이 4가지 색상이 섞인 비율에 따라 다양한 색이 만들어진다.

조합을 독특하게 하여 개성을 찾는 방법

종이와 인쇄의 조합을 독특하게 하는 방법으로 물성을 강화할 수도 있다. 대표적인 게 《매거진 B》다. 값싼 모조지에 UV 고급프린트를 섞는 독특한 방식을 시도했다. 값싸고 색상 표현에 불리한 모조지임에도 불구하고, 프린팅 방식을 달리하여 독특한 느낌을 만들어 냈다.

디지털 프린트와 오프셋 인쇄의 차이는 뭘까?

디지털 프린트는 오프셋 인쇄의 가장 큰 차이는 CTP판의 유무다. 디지털 프린트는 종이에 직접 잉크를 분사하는 방식이고, 오프셋 인쇄는 CTP판을 활용한 간접 인쇄방식이다.

디지털 프린트는 다품종 소량 생산할 때 적합하고, 오프셋 인쇄는 대량 인쇄에 적합하다. 간단히 말하자면, 100장 이상 인쇄를 할 것이 아니면 디지털 프린트를 활용하는 편이 낫다.

한 가지 요령을 덧붙이자면 디지털 프린팅할 때는 가에 여백을 두는 게 좋다. 왜냐하면 종이에 직접 인쇄하는 방식이라 시간이 지나면 모서리가 하얗게 까질 수도 있기 때문이다.

이와 관련한 자세한 내용은 blog.naver.com/yeojung-art의 정보 탭에서 《디지털 인쇄와 오프셋 인쇄의 차이》를 읽어보길 바란다.

디지털 프린트	오프셋 인쇄
· 인디고 프린트 · 토너 인쇄	
· 리소그래프 (별색 가능) · 지클레 프린팅	· 오프셋 인쇄
· UV 인쇄	
· 소량 제작에 적합	· 대량 제작에 적합

*오프셋 인쇄 : CTP판을 이용한 인쇄 기법. 디지털 프린트는 망점(해상도)이 3~5% 이하는 잘 구현되지 않지만, 오프셋 인쇄의 CTP판은 1%의 망점까지 구현한다. 오프셋 인쇄는 디지털 프린트와 달리 주로 대량 인쇄할 때 이용된다.

TIP & POINT ────────────────────────────

① 우리는 물건을 만질 수 있기에 사랑한다.

② 기획 단계에서부터 물성에 대한 계획을 짜는 것이 효율적이다.

③ 사진작가나 그래픽적인 작업의 경우 색상 발현이 뛰어난 도공지가 주로 이용된다. 도공지는 만졌을 때 차가운 인상을 준다.

④ 비도공지는 콘텐츠의 분량이 많거나 동화책과 같이 따뜻한 느낌을 주는 작업에 많이 사용된다.

⑤ 어떤 지류를 사용할지 우선순위를 먼저 정해야 한다. 두께, 광택, 색상 발현, 백색도, 텍스쳐 중 어떤 것을 중점에 둘 것인지 생각해보자.

⑥ 디지털 프린트는 주로 다품종 소량생산, 오프셋 인쇄는 대량 생산에 적합하다.

⑦ 지류에 정답은 없다. 자신의 작업에 어울리는 지류가 뭔지 직접 테스팅하면서 최선의 결과를 찾아보자.

────────────────────────────

⑧

코딩을 몰라도
웹사이트를 만드는 방법

어떤 웹사이트 빌더가 나에게 가장 맞을까?

전 세계적 상호 연결성과 혁신적 통화 시스템은 많은 사람이 어느 때보다 단기간에 엄청난 부를 얻게 해주었다. 더 허슬 사이트가 집계한 가장 빠르게 억만장자가 된 사람들의 명단을 보면, 상위 10명 중 9명이 1987년 이후 억만장자가 됐다. 이 중 억만장자가 되는 데 가장 많은 시간이 걸린 사람은 가장 나이가 많은 빌 게이츠였다. 재밌는 점은 상위 10명 중에서 7명은 인터넷을 부의 지렛대로 활용했다. 아마존의 제프 베조스, 페이스북의 마크 저커버그와 숀 파커, 이베이, 그루폰, 구글의 창업자들도 마찬가지다.

인터넷 기술 혁신을 포용하고 지렛대로 사용하면 우리는 놀라운 속도로 성장할 수 있다. 지금부터 다룰 내용은 코딩 없이 만들 수 있는 웹사이트 빌더에 관한 내용이다. 따로 큰 비용을 들이지 않아도 즉각적으로 간편하게 수정할 수 있고, 상황에 따라 어떤 빌더를 선택할지 간단한 가이드를 정리했다.

웹사이트 명은 검색에 유리하게 짓는 게 좋다

일단, 시작에 앞서 꼭 알아야 할 중요한 팁이 있다. 많은 사람이 웹사이트를 만들고 마케팅에 비용을 퍼붓지만, 간과하는 점이다. 그게 뭘까?

바로 '깔아두기'를 신경 쓰지 않고 사이트명을 짓는 것이다. 예를 들면, 웹사이트 이름이 내 필명인 '여정'이라고 하자. 이를 인터넷에 검색하면, 나와 관련 없는 뉴스나 블로그 글이 뜬다. 상관없는 정보들이 여기저기 '깔려있어' 정보 공해가 되는 것이다. 판매나 노출이 목적이라면, 사이트명을 이렇게 지어선 안 된다.

검색했을 때 관련된 글이 잘 안 뜨거나, 아예 없어야지 쓸모없는 경쟁을 피할 수 있다. 그러려면 검색이 잘 안 될만한 키워드를 만들어, 검색했을 때 관련 없는 자료들이 나오지 않게 만들어야 한다. 간단한 팁을 주자면 아래와 같다.

1. 외우기 쉽게 만든다.

2. 판매하는 상품이 뭔지 연상할 수 있게 만든다.

3. 단어를 조합해 이전에 없었던 새로운 단어를 만든다.

SEO가 뭔지 잘 모르겠다고?

SEO, 검색엔진 최적화(Search Engine Optimization): '웹페이지가 검색 결과 상위에 나올 수 있도록 하는 작업'

SEO는 쉽게 말해, 검색이 잘되게 하는 방법이다. 예를 들면,

웹사이트 글에 적절한 타이틀을 달았다고 하자. 타이틀을 잘 지을수록, 웹사이트에 유입되는 사람의 양이 많아진다.

SEO에는 이런 기준이 여러 개 있지만, 지금은 웹사이트 빌더에 따라 SEO가 차이 난다는 것만 알면 된다.

① 네이버 스마트 스토어(쇼핑몰용으로 추천)

난이도 ★ | 심미성 ★ | 가격 ★★★★★

장점

사실 웹사이트 빌더라고 보기 어렵지만, 쇼핑몰의 역할을 한다. 게다가 제작하기 쉬워 따로 공부할 필요가 없다. 무료라서 경험을 먼저 쌓기 좋고, 초기 사업 자금을 모을 때 활용하기 간편하다.

단점

구글에선 네이버 스토어가 노출이 되지 않는다. 가장 아쉬운 점은 스마트스토어는 네이버에서만 노출된다는 점이다. 즉, SEO가 다른 사이트 빌더에 비해 불리하다. 초기에 간단하게 상품을 만들어 팔다가, 차차 브랜딩이 이뤄지면 다른 웹사이트를 활용해도 늦지 않다.

② 윅스 컨설팅용으로 추천

난이도 ★★ | 심미성 ★★ | 가격 ★★★★

장점

제작하기 쉬울뿐더러, 비즈니스용 이메일을 만들기도 쉽다. 비즈니스용 메일의 장점은 전문성이 있어 보인다는 점이다. 또 다른 장점으로는 인스타그램과 연동이 잘 되어 있어 게시물을 올리기 쉬운 편이다.

단점

무료지만, 무료 사용 시 광고가 붙는다. 또, 외국 회사라 국내 플랫폼과 정서가 안 맞는 부분이 있다. 첫 페이지에 랜딩 페이지를 크게 띄우고, 컨설팅 접수를 하는 형식의 템플릿이 많다. 또 다른 결점은 결제 시스템이 불편한 것이다. 아직 페이팔 외 간편한 국내 결제 시스템인 카카오페이나 네이버페이 등과 연동할 수 없다.

③ 아임웹, 식스샵(쇼핑몰용으로 추천)

난이도 ★★ | 심미성 ★★★ | 가격 ★★★

장점

아임웹과 식스샵은 경쟁사다. 서로 시장에 위치한 포지션이 비슷하다. 둘 다 윅스보다 디자인 커스텀이 자유로운 편이다. 템플릿과 요금제 차이를 보고 마음에 드는 쪽으로 선택하면 된다.

단점

둘 다 적당히 예쁘게 꾸미기 좋다. 윅스보다 낫긴 하지만, 디테일한 커스터마이징에 한계가 있는 건 좀 아쉬운 부분이다.

④ 카고콜렉티브(포트폴리오용으로 추천)

난이도 ★★ | 심미성 ★★★★ | 가격 ★★★

장점

템플릿 자체가 힙하고 세련된 것들이 많다. 그래서 힘 안 들이고 홈페이지를 예쁘게 만들 수 있다. 국내에선 윅스나 식스샵에 비해 대중들에게 잘 안 알려진 편이라, 희소성이 있고 유니크한 편.

단점

한글 지원이 안 된다는 게 가장 큰 단점이다. 이 말은 하다가 막히면 영어로 자료를 찾아봐야 한다는 걸 의미한다. 또 한글 서체를 사용하기 힘들다.

⑤ 워드프레스
(커스텀화하기 좋아 어떤 용도로도 상관없음)

난이도 ★★★★ | 심미성 ? | 가격 ★★★

장점

워드프레스의 가장 큰 강점은 확장성이다. 앞선 플랫폼들은 기존에 있는 기능만 사용해야 한다면, 워드프레스는 필요한 플러그인을 설치하여 확장이 가능하다. 조립식이라고 보면 된다.

단점

SEO 최적화하기 가장 좋다. 하지만 제대로 다룰 줄 모르면, 노출이 더 안 되기도 한다. 실력에 따라 구현의 차이가 크게 난다. 직접 사용해보면서 느낀 건, 공부해야 할 게 많은 게 가장 단점이다. 브랜드를 어느 정도 키우고 나서 외주를 맡겨 사이트를 활용하는 것이 좋은 대안이 될 수 있다.

홈페이지, 블로그, SNS로 삼박자를 이루자

마지막으로 팁을 주자면 홈페이지만 만드는 것이 아니라, 블로그와 SNS를 병행하는 것이 좋다. 홈페이지는 물류 관리와 판매

촉진용으로, 블로그는 브랜드의 본질을 알리고 콘텐츠를 저장하는 공간으로, SNS는 마케팅과 함께 블로그, 홈페이지로의 유입을 만들자.

각 웹사이트 빌더의 홈페이지에 접속하면 다양한 템플릿과 브랜드 활용 예시를 접할 수 있다.

TIP & POINT ─────────────────────

① 인터넷 기술 혁신을 포용하고 지렛대로 사용하면 빠르게 성장할 수 있지만, 그렇지 않으면 도태될 위험이 있다.

② 웹사이트명은 쉽게 검색이 될 수 있게 지어야 한다.

③ 웹사이트의 목적에 따라 적합한 웹사이트 빌더가 다르다.

다음은 용도별로 적합한 웹사이트 빌더를 간략히 정리한 것이다.

쇼핑몰: 네이버 스마트 스토어, 아임웹, 식스샵, 워드프레스

컨설팅: 윅스, 워드프레스

포트폴리오: 카고콜렉티브

⑨

크리에이터의 시스템

'시스템'이란 무엇인가?

이집트 파라오가 젊은 조카 추마, 아주르를 불러 임무를 맡겼다. 그는 피라미드를 빨리 완성한 사람에게, 부귀영화를 주겠다고 약속했다. 아주르는 그 말을 들은 즉시, 피라미드를 만들기 위한 돌을 날랐다. 반면, 추마는 그가 피라미드의 기초를 쌓는 동안 아무것도 안 했다.

대신, 추마는 수년간 피라미드를 쌓을 기계를 연구했다. 그는 기계를 연구할 몇 년간, 돌을 하나도 쌓지 못했다. 하지만, 이 기계로 아주르보다 먼저 피라미드를 완성할 수 있었다. 추마가 만든 효과적인 기계를 뭐라고 부를 수 있을까? 사업가들은 이를 '시스템'이라고 말한다. 시스템은 만드는 데 시간이 걸리지만, 엄청나게 효율적이다.

그렇다면 크리에이터에게 있어 시스템이란 무엇이 있을까? 이에 관해선 《부의 추월차선》으로 유명한 엠제이 드마코의 말을 인용하려고 한다. 그는 자신이 통제할 수 있는 진짜 자산들을 **브랜드, 독자 명단, 플랫폼**으로 꼽았다. 그는 거의 10년을 들여 자신의 메시지를 전하는 포럼을 구축했다. 이번 장은 그 중 브랜드와 플랫폼에 관한 내용을 다룬다.

창작자의 시스템 ① | 브랜딩

유튜버 신사임당은 '창업 다마고치'로 많은 이목을 끌었다. 그는 친구를 섭외해, 네이버 스마트 스토어로 월 1,000만 원으로 늘리는 과정을 완전히 공개했다. 결과는 대성공이었다. 하지만, 부작용이 있었다.

그 친구는 월 1,000만 원을 벌면서도, 일을 멈출 수 없었다. 공개한 방식을 그대로 따라 하는 사람이 많았기 때문이다. 이게 브랜딩이 왜 필요한지 보여주는 적절한 사례다. 브랜딩이 없으면 도매가로 가격 경쟁을 할 수밖에 없기 때문이다.

브랜딩의 진정한 가치

브랜딩은 가치를 높여 가격 인상을 가능케 한다. 즉, 가치를 높여 2개 팔아야 할 것을 1개만 팔아도 되게 한다. 이게 무엇을 의미할까? 이는 덜 일 하면서, 창작할 시간을 그만큼 확보하게 되었다는 것을 의미한다.

다시 말해, 우리가 브랜딩이 필요한 이유는, 가치를 높여 판매하게 됨으로써 시간만큼 일해서 돈을 벌어야 하는 방식에서 벗어날 수 있기 때문이다.

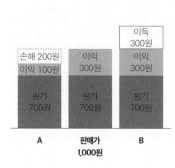

Ⓐ 가격 인하(800원)	Ⓑ 가격 인상(1,300원)
판매량이 3배가 안 되면 기존 수준 이익 확보 불가	판매량이 절반으로 줄어도 기존 수준 이익 확보 가능
· 판매해야 할 상품 수 증가 · 클레임 증가 · 재고 증가	· 판매해야 할 상품 수 감소 · 클레임 감소 · 재고 감소

창작자의 시스템 ② | 플랫폼

"플랫폼은 창의적 작품을 퍼뜨리기 위해, 감수해야 할 모든 것들의 조합이다."

라이언 홀리데이[Ryan Holiday], 미디어 전문가

미디어 전문가 홀리데이는 플랫폼의 정의에 관해 적절히 말했다. 플랫폼은 단순히 창작물을 퍼뜨릴 무대만 의미하지 않는다. 지금껏 구축한 신뢰와 같은 무형의 자산도 포함한 개념이다. 즉, 플랫폼은 단순히 창작물을 퍼뜨릴 수단을 의미하지만 않는다. 플랫폼 자체가 목적이며, 창작물과 별개로 가꿔야 할 대상이다. 다시 말해서, 창작자의 자산인 작업을 심어, 그것의 열매가 발화하도록 돕는 토양의 역할을 한다.

플랫폼의 진정한 위력

"플랫폼은 디딤돌이 아닙니다. 그 자체가 결승선이죠."

케이시 나이스탯^{Casey Neistat}, 필름메이커

나이스탯은 자신의 작품을 유튜브로 퍼뜨리겠다며 영화판을 떠났다. 누군가 개입해 영화를 개봉해야 한다는 게 괴로웠기 때문이다. 현재 그는 수백만 명의 유튜브 팔로워에게 동영상을 바로 '개봉'한다. 이게 플랫폼의 힘이다. 플랫폼은 우리에게 자주적인 영향력을 행사할 힘을 준다. 플랫폼을 구축하는 데 성공하면, 더는 타인의 영향력에 자신을 두지 않아도 된다.

창작자에게 싫은 일을 안 할 '자유'를 주는 것이다. 하지만, 애석하게도 대부분의 창작자는 플랫폼이 필요할 때가 돼서야 원한다. 플랫폼은 프리랜서가 아닌 크리에이터가 되기 위해 필요한 과정 중 하나다.

성공한 창작자라도 플랫폼이 없다면?

기억상실 마케팅: '고객이 누구인지 모른다면, 프로젝트마다 거듭해서 고객을 찾아야 한다'

마케팅 전문가 홀리데이는 어느 논픽션 작가와 일한 일화를

소개했다. 그 작가의 전작은 100만 부 이상 판매되었고 작업의 완성도도 뛰어났다. 하지만, 그에게는 소셜 미디어 계정도, 미디어 담당자의 연락처도 없었다.

즉, 그의 팬 규모는 수백만에 달했지만, 플랫폼이 없었다. 그는 플랫폼을 형성하는 데 아무런 노력도 기울이지 않았기 때문이다. 그의 팬들은 서점 가판대에서 그의 소식을 우연히 접하는 수밖에 없었다. 아무리 그가 전작을 잘 팔았다고 하더라도, 플랫폼이 저절로 생기지는 않는다.

창작자의 시스템 ③ | 제국

제국: '인근 산업으로 확장, 브랜드 구축과 설립, 후배 양성을 통해 더 크게 성장하는 전략'

'제국'은 작가 로버트 그린이 힙합 업계를 관찰하며 비유한 용어다. 많은 창작자가 작품의 순수성에 집착해 스스로를 차단하지만, 래퍼들은 창작뿐 아니라 비즈니스와 마케팅, 브랜딩 모두를 활용한다. 또 그들은 비즈니스를 예술로 바라보고 잠재적인 기회를 찾는다. 음악뿐 아니라, 세상에 영향을 끼치려는 그 태도는 배울 점이 있다. 어쩌면, 우리는 작품의 순수성을 이유로 게으르게 행동하는 것은 아닐까?

제이 지는 사악한 것인가? 영리한 것인가?

"난 비즈니스맨이 아니야. 내가 바로 비즈니스 그 자체지."

제이-지^{JAY-Z}, 래퍼

제이-지는 음악적 재능도 뛰어났지만 동시에 브랜딩과 마케팅 같은 비즈니스 감각도 뛰어났다. 그의 레이블 로카펠라 레코드는 석유 재벌 록커펠러(rockerfellr)와 마약규제법률(rockerfeller drug law)를 연상시킨다. '부'와 '마약'을 연상시키는 표현을 사용해 힙합적인 색채의 브랜드를 만든 것이다.

그는 경력 초기에 레이블을 만든 후, 그는 마약 사업을 크게 벌인 적이 있던 경험을 살려 차량에 CD와 굿즈를 싣고 클럽과 거리에 뿌리기 시작했다. 그의 사업은 성공적이었다. 이후 앨범 판매보다 패션 브랜드나 클럽 출연, 음반 회사 창업으로 훨씬 많은 돈을 벌었다.

그는 음악을 브랜딩을 위한 도구이자 미끼 상품으로 활용했다. 사악할 정도로 영리한 전략이다. 20을 투자해서 80을 뽑아낸 것이다. 그는 그 돈을 벌게 됨으로써 음악에 멀어지지 않았다. 오히려 음악성에 투자할 돈을 확보해 아직도 멈추지 않고 성장할 수 있게 되었다.

물론 당신에게 마약을 팔고, 레이블을 차리라는 말은 아니다. 하지만 그가 어떻게 영향력을 획득했는지는 주목할 필요가 있다. 그가 음악만 했더라면 결코 지금과 같은 영향력을 획득하지 못했을 것이다.

우리도 브랜딩과 마케팅과 같은 비즈니스 영역에 대한 관심을 키워, 이를 지렛대로 삼아 더 쉽게 성장할 수 있다. 당신이 시스템을 구축하는 데 성공해서 여유를 갖게 된다면, 작업에 시간과 자원을 더 투자해 계속해서 발전할 수 있을 것이다.

TIP & POINT ──────────────────────

① 시스템은 구축하는 데 시간이 오래 걸리지만, 완성된 후에는 적은 힘을 들여 큰일을 해낼 수 있도록 도와준다.

② 브랜딩은 가치를 높여 가격 인상을 가능케 함으로써, 시간만큼 일해서 돈을 벌어야 하는 방식에서 벗어날 수 있게 해준다.

③ 플랫폼은 창작물과 별개로 가꿔야 할 대상이다. 그 자체가 목적이며 이를 구축하는데 많은 시간과 노력을 들여야 한다.

④ 품질이 좋은 플랫폼은 창작자에게 하기 싫은 일을 안 할 '자유'를 준다.

⑤ 아무리 성공한 창작자라도 플랫폼 구축을 안 한다면, 신작을 낼 때마다 마케팅을 처음부터 다시 시작해야 한다. 팬덤이 모이기 어렵기 때문이다.

⑥ 플랫폼의 성공은 '제국'의 형성에 기여한다. 제국은 인근 산업으로까지 브랜드 구축과 설립을 확장하는 것을 의미한다.

⑦ 플랫폼을 통해 자산을 통해 얻는 투자수익률을 극대화해야 한다.

Chapter
02

마케팅

Marketing

①

오늘 날 소규모 브랜드만이
취할 수 있는 포지셔닝 전략

그림으로 정말 먹고살기 힘들까?

그림을 그려서 먹고살기 힘들다는 통념이 있는데, 정말 그럴까? 나는 그런 소리를 들으면서 막연히 좌절할 때도 있었다. 하지만 내가 정보를 찾아볼수록 꼭 그렇지만 않다는 걸 느꼈다.

오늘날 우리가 사는 시대는 과거 기성세대가 살고 있던 시대와 다르다. 이전에는 대기업이 막대한 비용을 들여 TV나 신문 같은 매체를 통해서만 광고를 할 수 있었다. 하지만 인터넷이 등장하면서 이런 판도 자체가 흔들렸다.

지금은 개인도 틈새시장을 잘 노리면 대기업보다 발 빠르게 움직여 소비자들의 마음을 사로잡을 수 있는 시대다. 대기업이 막강한 자본력을 갖고 있다면, 소규모 브랜드는 즉각적으로 반응하는 동시성이 장점이다. 마이너한 예술가적 감성으로도 충분히 성과를 낼 수 있는 시대가 왔다. 더 이상 예술가들이 가난하게 살지 않아도 되는 시대가 온 것이다.

올드타입 vs 뉴타입

오늘 날은 과거 통념이 통하지 않는 뉴타입의 시대로 변하고 있다.

새로운 미디어가 등장하면서 세상이 변화하고 있기 때문이다. 오늘날 우리 사회의 특징은 **VUCA화** 되고 있다고 볼 수 있다. VUCA화란 **Volatility(변동성), Uncertainty(불확실성), Complexity(복잡성), Ambiguity(모호성)**의 약자다.

그렇다면 이런 환경에서 우리는 어떤 태도를 취해야 할까? 이처럼 변화가 많고 예측하기 힘든 시대에는 탄력적으로 대처할 수 있는 유연한 판단력의 중요성이 커지고 있다. 사고방식을 새롭게 갈아 끼우는 것만으로 우리는 새로운 환경에 대처할 확률을 높일 수 있다.

인터넷, 예술가의 새로운 환경

그렇다면 오늘날 환경에서 예술가가 가장 강력하게 활용할 수 있는 무기는 무엇일까?

그것은 바로 **인터넷**이다. 직접 통신과 지불 시스템이 보편화하면서 세상에 있는 모든 사람에게 직접 물건을 팔 수 있게 되었다. 즉, 예술가가 중개자 없이 지급된 돈을 전부 가져갈 수 있게 된 것이다. 이를 통해 예술가들은 새로운 포지셔닝을 얻게 되었다.

글로벌×니치 새로운 포지션

과거 인터넷이 없던 시절에는 예술가가 '로컬×니치 시장'밖에 접근할 수 없었다.

이 시장에서는 예술가적 감성을 지닌 제품을 찾기 힘들었다. 왜냐하면 시장의 크기가 너무 작아, 팔릴만한 물건을 만들려면 대중의 기호에 맞출 수밖에 없었기 때문이다. 이런 제품들은 개성이 없을 수밖에 없었다. 모두가 좋아할 만한 제품이어야 했기 때문이다.

하지만 지금은 인터넷의 등장으로 판도가 바뀌었다. 오늘날 예술가들은 **'글로벌×니치 시장'**으로 접근이 가능해졌다. 과거 메이저 시장의 장점이었던 '시장 규모'의 장점을 니치 시장도 갖게 된 것이다. 당신이 마이너다운 감성으로 제품을 팔아도 세상 어딘가에는 당신의 취향과 같은 사람이 존재한다. 그리고 당신과 취향이 맞는 사람일수록 당신의 제품에 더 열광할 것이다.

메이저 시장	니치 시장
대중 기호	예술가적 감성
시장 규모 큼	시장 규모 작음
다수의 기호 반영 → 타깃 불분명	소수의 기호 반영 → 타깃 분명

미디어 활용을 통한 성공에 전제조건

조건 1. 팬덤

《와이어드^{Wired}》를 창간한 케빈 켈리$^{Kevin\ Kelly}$는 '성공은 복잡할 필요가 없다고 했다. 그냥 1,000명의 사람을 지극히 행복하게 만들어주는 것에서 시작하면 된다. 즉, 1,000명의 진정한 팬이 있으면 되는 것이다.

조건 2. 충분한 작품 수

매년 진정한 팬 한 명당 필요한 수익을 낼 수 있을 만큼 충분히 있어야 한다.

조건 3. 브랜딩

이 부분에 관해서는 젠틀몬스터 김한국 대표를 예로 들어 설명하려 한다. 브랜딩에 관한 그의 통찰은 지극히 간단하다.

'모든 것이 브랜딩이다.' 이들은 선글라스뿐만 아니라 매장 인테리어까지 모두 직접 디자인한다. 그리고 그 디자인은 브랜딩 강화로 연계된다. 브랜드가 널리 알려질수록 고객이 직접 젠틀몬스터를 찾아오게 되고, 그럴수록 백화점 등 중간 유통 마진이 줄어 수익이 더 발생한다.

이처럼 중간 단계를 거치지 않고 팬들의 지원금을 당신이 모두 가져가야 한다. 이게 브랜딩이 필요한 이유다. 쓸모없는 데에서 나가는 지출을 줄이게 되면, 필요한 팬들의 수가 적어진다. 그리고 인터넷은 이를 도와주는 도구로 활용할 수 있다.

1,000명이라는 팬덤 구축의 장점

장점 1. 실현 가능한 목표다

1,000명의 고객은 100만 명의 팬보다 훨씬 실현 가능한 목표다. 팬을 수백만 명 쌓겠다는 건 현실적인 목표가 아니다. 날마다 한 명씩 늘어나면 1,000명을 모으기까지 몇 년이면 된다.

장점 2. 예술가의 행복

팬들을 기쁘게 해주는 건 자신도 매우 즐겁고 기운을 북돋는 일이다. 예술가들은 진정성 있는 모습을 유지하면서, 팬들이 좋아하는 부분인 자기 작품의 독특한 측면을 더욱 발전시킬 수 있게 된다.

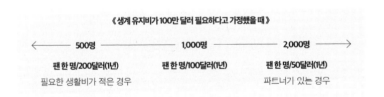

《생계 유지비가 100만 달러 필요하다고 가정했을 때》

← 500명 ——————— 1,000명 ——————— 2,000명 →

팬 한 명/200달러(1년)　　　팬 한 명/100달러(1년)　　　팬 한 명/50달러(1년)

필요한 생활비가 적은 경우　　　　　　　　　　　　　파트너가 있는 경우

1,000명의 숫자는 상대적이다

팬에게 어느 정도의 수입을 기대할 수 있는지에 따라 수치가
달라진다. 또 필요한 생계 유지비나 동업자의 여부에 따라 필요한
팬들의 숫자가 달라진다. 즉, 상황에 따라 계획을 달리한다.

진정한 팬들이 일반 팬을 불러모은다

진정한 팬은 마케팅 동력이다:
진정한 팬의 추천으로 일반 팬을 2~3명 정도 더 모을
수 있다. 이들은 평생에 걸쳐 단 한 번만 구매할 수도
있지만, 이런 구매가 총수입을 늘려준다.

무엇을 살 때, 다른 이들의 구매평을 보고 구매한 적은 없나?《부의
추월차선》에서 엠제이 드마코는 이를 **'생산 가치주의'**라고 언급했다.
품질 좋은 생산을 추구하여 생긴 한 명의 만족 고객이 더 많은 만족
고객으로 이어지면서 성장이 가속화되는 것이다. 그러니 당신이
무엇을 만들든지 간에, 질 좋은 상품을 만들도록 최선을 다해야
한다.

앞으로 나아갈 방향성에 대한 생각

창작자들 대다수가 원하는 성공은 평생 하고 싶은 작업만 하면서 사는 것일 것이다. 오늘날, 예술가들이 이를 달성하는 방법은 뉴미디어를 잘 활용하여 자신만의 무기로 활용할 필요가 있다. 이를 위해 두 가지 방향성을 가지고 나아갈 필요성이 있다고 생각한다.

첫째로, 작업의 내재가치를 끌어올리는 방법을 연구하는 것. 그다음으로 미디어를 통한 마케팅 방법을 연구하는 것. 게임도 쪼렙일 때 제일 재밌는 법이다. 과정에서 재미를 느끼면서, 끈기 있게 발전해나가자.

TIP & POINT ───────────────────────────────

① 인터넷이 등장하면서 시장의 판도가 바뀌었다. 과거에는 매스 미디어를 통해 시장에 접근할 수밖에 없었지만, 지금은 개인도 인터넷을 통해 시장 접근이 가능해졌다.

② 과거에는 대중을 위한 상품을 만들 수밖에 없었다. 미디어 도달 범위의 한계 때문에, 다수가 좋아할 만한 제품을 만들어야 했기 때문이다.

③ 인터넷으로 직접 통신과 지불 방법이 보편화되면서, 개인도 소수의 취향을 맞춘 틈새시장의 접근이 가능해졌다. 마음껏 예술가적 감성을 뽐낼 수 있는 시대가 온 것이다.

④ 미디어를 활용한 성공 조건에는 3가지가 있다. 팬덤, 충분한 작품 수, 브랜딩이 그것이다.

⑤ 당신이 생산한 작품들은 생산 가치주의에 입각해야 한다. 제대로 만든 작품 하나가 진정한 팬을 만들고, 그 팬이 더 많은 팬을 유인한다.

⑥ 오늘날과 같은 시대에 당신이 해야 할 일은 간단히 말해 두 가지로 나뉜다. 하나는 작품의 내재가치를 끌어올리는 방법이고 다른 하나는 인터넷을 통해 작품을 퍼뜨리는 것이다.

②

브랜딩을 통한 가격 설정 방법

'가격 책정'의 의미

'가격을 책정한다'는 의미는 '가치에 맞는 금액으로 책정한다'는 의미다. 그런데, 대부분 원가적 측면에서만 고려한다.

《가격 인상의 기술》에서 이시하라 아키라는 이를 자살행위로 표현한다. 가격 측정에 있어 '원가'는 여러 가지 요인 중 일부에 불과하기 때문이다. 지금부터 '적정 가격'의 정의와 가격을 결정하는 '3가지 요인'에 대해서 알아보자.

적정 가격이란 무엇일까?

적정가격: 원가 + 부수적인 경비 + 앞으로의 발전에 필요 예측되는 비용

예를 들어, 포스터를 원가에 가깝게 판매한다고 하자. 이 경우, 제품이 훨씬 잘 팔리겠지만 발전 가능성이 작다. 미래의 발생할 경비를 포함하지 않았기 때문에, 제품 향상에 대한 노력을 기울이지 않을 게 뻔하기 때문이다.

다시 말해, 가격 설정에 원가만 고려해서는 안 된다. 반드시, 미래의 경비까지 포함해야 성장 동력을 구축할 수 있다.

가격 결정의 요인 1 | 원가

원가율은 팔려는 상품이 생필품이냐, 기호품이냐에 따라 크게 달라진다. 특히, **'기호품'**의 경우, '브랜딩'이 들어가기 때문에 원가는 가격과 사실상 무관해진다. '원가'는 가격의 일부지만, 그것만으로 가격이 결정되지 않는다.

가격 결정의 요인 2 | 타 업체와의 비교

타 업체의 가격은, 가격 책정에 있어 유용한 정보다. 이를 활용하여, 가격을 책정하는 방식은 2가지다.

첫 번째로, **타 업체의 가격 책정이 높을 경우**이다. 이 경우, 이미 시장의 고객들은 책정한 높은 가격을 표준으로 인식한다. 따라서, 같은 가격에 판매해도 팔릴 것이며, 이를 통해 상당한 이익을 얻을 수 있다.

다른 하나는 **타 업체의 가격 책정이 낮을 경우**이다. 이때 똑같이 가격으로 대결하면 출혈 경쟁이 발생할 수 있다. 따라서, 경쟁을 피해 브랜딩을 하여 높은 수준의 상품을 개발하는 것이 오히려 안전한 방법이다.

내 경우에는, 이 내용을 접하고 일러스트레이션 페어에서 실험해 보았다. 나는 참고한 작가의 가격대를 그대로 따라 했다. 문제는 내가 그 작가에 비해 브랜드 인지도가 떨어진다는 점이었다. 하지만 브랜딩과 패키징, 제품 개발에 신경을 쓰면 이를 상쇄할 수 있다고 생각했다.

페어에서 다른 작가에 비해 높은 가격대였기 때문에 '팔릴 수 있을까?'라는 걱정이 들었다. 결과를 말하자면, 내가 판매한 제품의 개수는 다른 작가들에 비해 훨씬 적었다. 하지만 적은 수의 판매로도 동일한 효과를 보았다. 왜냐하면 싸니까 사는 소비가 있는 것처럼, 비싸니까 사는 소비도 있기 때문이다. 또, 브랜딩을 통해 가치를 높여 판매하는 전략이 먹힌다는 것을 체감할 수 있었고, 이런 전략을 앞으로도 계속해나갈 생각이다.

가격 결정의 요인 3 | 가치

브랜딩이 된 상품의 경우 '가치'가 가격 결정에 가장 많은 영향을 끼친다. 가치는 크게 '일반적인 가치'와 '고객 특유의 가치'가 있다.

가격 결정 요인 1. 일반적인 가치

일반적으로 통용되는 누구나 아는 가치를 의미한다.

(예 - 'OO어워드에 수상한 작가의 그림' 같은 것)

가격 결정 요인 2. 고객 특유의 가치

상품을 구매 시 고객이 얻게 되는 특유의 가치를 의미한다.

(예 - 고급 양복을 구매했을 때 느끼는 권위와 같은 가치)

가격을 높일 때는 설득력이 있어야 하는데, 앞선 가치들을 통해 고객에게 알기 쉽게 전달을 할 수 있어야 한다.

앞선 내용을 다시 정리하자면, 가격 결정 요인에서 중요도는 3(가치) 〉 2(비교) 〉 1(원가) 순이다. 자신의 상품이 어떤 가치를 담고 있는지 확인하고, 경쟁 업체가 어떤 가격대에서 판매하는지 확인해야 한다. 물론, 이 가격대는 원가에서 벗어나 미래 가치의 경비도 포함하고 있어야 한다.

TIP & POINT ───────────────────────────

① 가격 책정에 요소는 원가만 있는 것이 아니다. 원가는 가격 결정 요인의 일부분일 뿐이다.

② '적정 가격'이란 원가에 덧붙여서 반드시 미래 경비를 포함해야 한다. 그래야 성장 동력을 구축할 수 있기 때문이다.

③ 가격 결정 요소로는 원가, 타 업체와의 비교, 가치가 있다. 가격 견정에서의 기중치는 가치 〉 비교 〉 원가 순으로 두어야 한다.

③

NFT를 통해 알아보는,
초고가 가격 판매의 원리

NFT가 대체 뭘까?

SuperRare라는 NFT 플랫폼을 구경하다가 낯익은 이름을 보았다. 그곳에 Top Artists란에 한국의 일러스트레이터가 미상이 있는 것이다. 반가움에 클릭했고, 그가 5억 원 이상을 벌었단 사실을 알 수 있었다. 하지만 더 놀란 건 그가 그림의 가치를 올린 방법이었다.

그가 어떤 방식으로 성과를 달성할 수 있었을까?' 이번 장은 그의 전략과 NFT로 최고가를 경신한 비플의 전략을 살펴보려고 한다.

왜 어떤 창작물은 극도로 비싼 가격에 팔리는가?

이미 세계는 '초부유층이 원하는 가치'가 모여 하나의 시장을 형성한다. 이 시장은 피라미드식 형태며 맨 위에서부터 세계에서 단 한 명만을 대상으로 하는 서비스에서부터 극소수 혹은 보통 사람이 아닌 사람들을 대상으로 하는 서비스 등 다양하다.

NFT 플랫폼의 종류는 다양하다. 하지만 이 중 가장 희소성 있는 플랫폼은, 지원부터 심사까지 상당히 까다로운 시장이다. 선별된 작가만이 이 시장에 진입할 수 있고, 따라서 이 시장은 상층에 자리한다. 선별된 작가의 NFT는 희소성이 있을 수밖에 없다.

덧붙여 말하자면, NFT가 가치 있는 이유는 이름에서 알 수 있다. 대체 불가능한 토큰. 즉, '어떤 것으로도 대체할 수 없는 고유 자산'이기 때문이다.

정보의 부재는 구매자에게 괴로운 일이다

먼저, 비싸게 팔 방법을 알기 전에, 이해하면 좋은 예시가 있다. 당신은 학생이고, 큰 잘못을 해 선생님에게 매를 맞아야 할 상황이라고 하자. 선생님은 당신에게 두 가지 선택지를 주었다.

a. 5초 뒤에 세게 맞는다.

b. 언제 맞을지 모르는 상태에서, 좀 덜 아프게 맞는다.

뭘 골랐는가? 심리학자들은 대부분 a를 고른다고 말한다. 언제 맞을지 모르는 **'정보의 부재'**가, 불확실성을 키우기 때문이다. 그리고 인간은 이 불확실성을 괴로워한다. 높은 가격에 팔려면 이 장벽부터 없애야 한다. 그렇다면 어떻게?

가격 인상을 위해 알아야 할 가치

불확실성을 없애기 위해선, 우선 다음 두 가지 개념을 이해해야 한다. 앞서 말했지만, 중요해서 다시 언급하겠다.

가격 결정 요인 1. 일반적인 가치

일반 세상에 통용되는 가치, 작가의 경우에는 수상 이력이나, 대기업과의 콜라보 등을 예를 들 수 있다. 이를 잘 정리하여 깔끔하게 볼 수 있도록 하는 것은 상당히 중요한 일이다. 이러한 가치가 사회적 증거의 역할을 하기 때문이다.

가격 결정 요인 2. 고객 특유의 가치

해당 상품을 사면 고객이 획득 가능한 가치, 이 '획득 가능한 가치'가 높을수록 고객 구매욕이 강해진다. 예를 들면, 고급 승용차를 사면, 사회적 지위나 만족을 느낄 수 있다.

위 가치는 가격에 중요하지만, 고객이 이를 몰라볼 위험도 존재한다.

창작자는 좋은 '전달자'가 되어야 한다

"아무리 뛰어난 작품이라도 그 가치를 사람들이 모른다면 무가치하다."

무라카미 다카시 Murakami Takashi , 현대 예술가

당신이 아무리 대단한 사람이라도, 고객이 못 알아보면 말짱 꽝이다. 그렇다면 어떻게 해야 할까? 간단하다. 앞서 말한 일반적인 가치와 고객 특유의 가치를 정보 형태로 전달해 불확실성을 없애면 된다.

다카시는 그의 저서 《예술기업론》에서 자신의 작품 가격이 높은 이유는 '스스로 작품 가치를 정성스럽게 설명하기 때문'이라 밝혔다.

비플, NFT 최고가를 경신한 아티스트

2007년 5월부터 매일 한 작업씩 인터넷에 올린 아티스트가 있다. 그는 2020년 11월까지도 계속해서 창작했고, 이를 한데 모았다. 그렇게 탄생한 작업이 비플의 '매일: 첫 5,000일'이다. 이 작품은 한화로 약 771억 원에 낙찰되었다. 5,000장 다 합친 가격이 아닌, 이를 모은 이미지 한 장의 가격이다. 보통 사람들은 이 가치를 못 알아볼 것이다. 나도 다음에 나올 개념을 익히기 전에는, 왜 그렇게 비싸게 팔리는지 이해하지 못했다.

보석은 가치를 알아보는 자에게 더욱 빛난다

극소수의 사람만을 대상으로 하는 서비스는, 기존 시장과의 접근 방식 자체가 다르다. 기존 시장은 여러 사람에게 '뭐든 팝니다'라는 식이라면, 선별된 시장에서는 알아볼 고객에 한해서만 접근하면 된다. 즉, 창작자가 선별된 고객에게 접근한다는 뜻이다.

비플이 경매에 자신의 작품을 비싸게 팔 수 있었던 이유는, 성실한 예술가의 매일의 노력을 알아보는 사람에게 팔았기 때문이다. 적절한 사람에게 적절하게 가치를 설명했다.

미상, 한국의 NFT 아티스트

한국의 NFT 아티스트는 미상은 영리한 방식으로 정보를 설명했다. 그는 NFT 플랫폼에서, 연작의 형태로 작품을 경매 부쳤다.

'Modern Life is Rubbish'라는 프로젝트를 총 12점을 팔았다.

또 그의 인스타 링크를 클릭해서 크립토 갤러리(crypto gallery)를 클릭해보라. 크립토복셀(cryptovoxel)이라는 사이트를 갤러리로 활용하여, 그의 세계관을 점점 더 눈에 보이듯 구체화했다. 탄탄한 기획력과 스토리텔링을 바탕으로 정보를 전달한 것이다.

비플과 미상의 공통점

비플과 미상은 좋은 '작업자'라는 공통점이 있지만, 동시에 좋은 '전달자'이기도 하다. 비플은 단순히 그림 1장을 판매한 것이 아닌, 자신의 5,000일 동안의 꾸준한 노력을 팔았다. 마찬가지로 미상은 스토리텔링을 결합한 연작의 형태로 작업의 상품 가치를 올렸다.

우리도 자신의 작업에 맞는 전달 방식을 한번 생각해보아야 하지 않을까? 좋은 작업을 만드는 것에 그치지 않고, 어떻게 전달할지도 충분히 고려해보자.

TIP & POINT ─────────────────────────

① 싸니까 사는 소비가 있는 것처럼, 비싸니까 사는 소비도 존재한다.
　 이미 세계에는 '초보유충이 원하는 가치'가 모여 하나의 시장이
　 형성한다.
② 정보의 부재로 인한 불확실성은 구매자에게 괴로운 일이다.
③ 가격 인상을 하려면 가치 전달을 통해 구매자에게 불확실성을
　 줄여주어야 한다.
④ 가치의 종류에는 2가지가 있다. 공모전 수상이나 이력 등의
　 일반적인 가치와 사회적 지위나 만족감을 주는 고객 특유의 가치.
⑤ 창작자는 이러한 가치들을 활용해 좋은 '전달자'가 되어야 한다.

④

대중성보다는 독창성을
선택해야 하는 이유

대중성과 독창성 어느 게 중요할까?

마케팅에 관한 가장 영향력 있는 인물로 세스 고딘을 빼놓을 순 없을 것이다. '작가는 대중성과 예술성 사이에서 고민해야 한다.'라는 말이 있는데, 그는 정반대로 말한다.

'대중성보다는 주목할만한 것을 만드는 데 집중하라.'

여러분이 나만의 것을 만들겠다는 각오를 다진 창작자라면 정말 듣고 싶었던 말이 아닐까? 그의 대표 저서인 《보랏빛 소가 온다》를 통해, 그 말이 사실인지 아닌지 지금부터 알아보자.

따분한 건 얘기할 가치도 없다

"우리가 발명할 수 있는 것은 이미 모두 발명되었다."

찰스 H. 두엘 Charles Holland Duell, 전 미국 특허청장

1899년 미국 특허청장은 이미 모든 게 발명되었다는 말을 남겼다. 100년이 지난 지금 우리는 역시 넘쳐나는 상품들로 지쳐있다. 친구와 대화를 하는 상황을 예로 들어보자.

지루하고 따분한 소재를 말할 것인가? 아니면 이야기할 만한 것을 말하겠는가? 당연한 소리지만, 우리는 따분한 것들은 친구들에게 말하지 않는다는 사실을 알게 된다. 그것이 우리가 얘기할만한 것을 만들어내야 하는 이유다. 따분한 소재를 굳이 주변 사람들에게 말할 이유가 없다. 지루한 사람으로 보이고 싶지 않은 이상 말이다.

당신이 만드는 것은 '리마커블' 해야 한다

Remarkable: '얘기할만한 가치가 있다'

가족과 함께 자동차로 프랑스 초원을 여행한다고 생각해보자. 여러분은 소 떼 수백 마리가 초원에 풀을 뜯는 모습에 매혹될 것이다. 하지만 그 경치를 20분 동안 본다면? 그 소들을 외면할 것이다. 한때 경이롭던 것이 이제는 평범해 보이는 것이다.

그렇지만 만일 **'보랏빛 소'**가 갑자기 튀어나온다면? 이게 요지다. 당신이 내놓는 게 무엇이든지 일단은 주목할 만해야 한다. 여러분이 내놓는 게 무엇이든 그게 평범한 소라면, 사람들의 시선을 끌기는 힘들 것이다.

안전한 길이 가장 위험한 길이다

대중을 겨냥하면 안전하다고 생각하기 쉬운데, 이것은 상당히 위험한 발상일 수 있다. 그 이유는 다음과 같다.

문제 1. 지루한 제품

매스 마케팅 기반의 대중을 타깃으로 한 회사는 그에 따라 제품을 개발한다. 이런 회사들은 날카로운 데를 무디게 하고, 특징을 없앤다. 왜냐하면 생각해보라. 모든 사람이 좋아할 만한 것은 나쁘게 말하자면 평범하다. 뛰어난 서비스를 덜 뛰어나게 평균 수준으로 만들어 버리는 것이다.

문제 2. 엄청난 예산

대중을 위한 제품 출시는 돈을 크게 써야 한다. 이러한 엄청난 예산의 문제점은 광고가 잘돼야 하며, 그 효과가 빨라야 한다. 안 그래도 예산이 빠듯한 소규모 창작자들이 대중을 초점으로 맞추는 건 위험한 전략일 수도 있는 것이다.

대중을 위해 타협할 필요가 없다

무엇을 만들고 시장에 내놓을 때 대다수의 많은 소비자 집단을 노려야 된다고 생각하기 쉽다. 자신의 개성을 드러내기보다, 대중적인 작업을 내놓는 것이다. 하지만 세스 고딘은 단호하게 '이건 옛날 방식이다.'라고 말한다.

과거에는 소비자 집단의 크기를 중요시했다. 하지만 지금은 소수의 선도자를 노려야 하는 시대다. 이 집단이 다른 나머지 집단에 크나큰 영향을 미치기 때문이다.

당신의 작업물이 이들의 마음을 얻는다면 자연스럽게 입소문이 퍼져나갈 것이다. 그렇다면 이 소수의 집단은 어떤 사람들이고 어떠한 특징을 가지고 있을까?

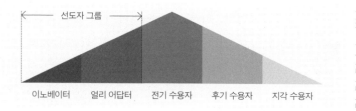

에버렛 로저스 혁신 확산 이론

스니저, 핵심 유포자를 잡아라

스니저(sneezer)는 '재채기하는 사람'이라는 뜻이다. 재채기할 때 무언가가 퍼져나가는 것처럼 새로운 것에 대해 말하지 않고는 못 견디는 사람들을 가리킨다. 이들의 특징을 요약하자면 다음과 같다.

- 자기 분야에 신제품을 자신의 추종자들에게 얘기하는 전문가.
- 이들은 얼리 어답터인 경우가 많지만, 항상 그렇지는 않다.
- 이들은 어떠한 시장에서든 존재한다.
- 이들을 잡는 일이 아이디어를 창조하는 과정에서 가장 중요한 첫걸음이 될 수 있다.

오타쿠가 있는 곳을 찾아라

오타쿠 (おたく): '취미보다는 좀 더하고 집착보다는 좀 덜한 무엇'

예를 들자면, '다꾸족'을 들 수 있다. 이 '다꾸족'은 현재 한국에 거주하는 오타쿠들이다. '다꾸'는 '다이어리 꾸미기'의 줄임말이다. 1990년대 어린 시절 '다이어리 꾸미기'에 열중하던 MZ세대 성장, 소확행, 레트로 열풍이 불며 자연스럽게 '다꾸족'이 생겨났다.

이들은 다이어리를 꾸밀 예쁜 스티커를 찾기 위해 시간을 투자하고 위험을 무릅쓴다. 게다가 누가 시키지도 않았는데 알아서 열성적으로 입소문을 낸다. 자발적으로 제품의 장단점을 찾고 알아서 홍보하는 것이다. 이러한 오타쿠들은 시장마다 그 수가 다르게 포진되어 있는데, 우리는 이런 시장을 식별하고 (그 크기에 상관없이) 그렇지 못한 시장은 포기한다는 각오로 이 시장에 집중해야 한다.

대중을 만족시키려 하지 말고, 이들을 먼저 만족시켜보라. 작업도 훨씬 구체적인 방향을 잡게 될 것이다.

오타쿠를 잡으려면 오타쿠가 되어라

스타벅스 CEO인 하워드 슐츠는 커피 오타쿠다. 그는 그 스스로가 오타쿠이기 때문에 소비자들의 마음을 간파할 수 있었다. 그렇다면 어떻게 하면 영향력 있는 오타쿠가 될 수 있을까? 그러기 위해서는 다음의 기술을 가져야 한다.

기술 1. 투사의 기술
어떤 제품에 진정으로 관심 있는 사람들의 머릿속으로 들어가서, 그들이 좋아하는 무언가를 만드는 기술

기술 2. 투사의 과학
제품을 출시, 관찰, 측정, 학습, 이런 과정을 반복하는 체계를 만드는 것

당신이 창작자라면 '깡'을 가져라

비의 '깡'이라는 노래는 너무하다 싶을 정도로 까이고 회자되었다.

하지만 여기에 주목할만한 역설적인 점이 있다.

당신의 작업을 크게 히트하게 만들고, 주목하게 할 수 있게 하는
요소는 당신을 킬킬대고 비웃을 만한 요소가 될 수 있다는 점이다.
대부분은 이렇게 되길 두려워하기 때문에 무난한 걸 만든다.

하지만 비가 진짜 지금 가라앉았다고 생각하는가? 진짜 가라앉은 건 늘
평범하게만 만드는 아티스트일 수 있다.

TIP & POINT ─────────────────────────
① 주목할만한 상품을 만들기 위해서는 일단 '리마커블'해야 한다.
② 대중적인 작품을 만드는 것이 안전하다고 생각할 수 있지만,
   오히려 위험할 수 있다. 대중의 기호에 맞추려면 지루한 제품이
   만들어지고, 예산 또한 풍부해야 하기 때문이다.
③ 소수의 선두 주자를 노리고, 이들의 마음을 사로잡아라.
④ 틈새시장을 잡기 위해선 2가지 기술이 필요하다. 첫째, 고객을 이해하는
   것. 둘째, 제품을 출시하고 관찰하고 수정하는 과정을 반복하는 것.

⑤

독창성이 양날의 검이
되지 않도록 하려면

피카소와 고흐는 대체 뭐가 다를까?

피카소와 고흐는 두말할 것 없이 최고의 독창적 아티스트다. 하지만 그 둘은 엄청나게 중요한 차이가 있다. 이 차이 때문에 고흐는 땡전 한 푼 없이 죽었지만, 피카소는 사망 당시 7억 5,000만 달러를 남기고 죽었다.

그렇다면, 피카소와 고흐를 가른 이 둘의 차이가 뭘까? 둘의 차이는 **'사회지능'**이다. 둘 다 독창적인 아티스트였지만, 사회성이 낮은 고흐는 죽을 때까지 가난을 면치 못했다.

진정한 '돈의 의미'

돈의 진짜 의미: '원하는 것을 원할 때, 원하는 곳에서 원하는 것을 오랫동안 할 수 있는 능력'

사회지능을 알기 전에, 돈이 많아도 불행한 이유는 뭘까? 앵거스 캠벨이란 학자가 이를 연구한 적 있다. 그건 **'삶을 내 뜻대로 살아가는 느낌'**이 행복을 준다는 점이다.

즉, 진짜 돈의 가치는 소비가 아닌 '삶에 통제력을 갖는 것'에 있다.

돈이 아무리 많아도, 일에 치이고 사람에 치여 자신의 삶에 통제력을 잃는다면 행복할 수 없다. 원하는 것을 원할 때, 원하는 곳에서 원하는 것을 마음껏 하기 위해선, 어느 정도의 경제력이 필요한 것이다.

독창성이라는 이름의 독약

편도체(Amygdala): '이질적이거나 새로운 것을 보았을 때 몸에 공포 반응을 일으키는 기관'

지금 핸드폰을 꺼내 SNS에 그림 관련 피드를 검색해보자. 그리고 잠시 멈추고 어떤 게 기억 남는가 생각해보자. 어떤 게 기억에 남는가? 사람마다 떠오르는 게 다르겠지만, 아마, 다른 그림과 유사하지 않고 독특한 그림이 기억에 남을 것이다.

차별성이 있는 그림은 이런 장점이 있다. 하지만 동시에 치명적 약점도 가지고 있다. 두뇌는 처음 보는 것에 거부반응을 보인다는 점이다. 아미그달라라고 불리는 편도체의 작용 때문이다. 이 기관의 작용 때문에 우리는 무의식적으로 새로운 걸 보거나 경험했을 때, 공포를 느낀다.

사람들이 독창적인 작업을 싫어하다니. 그렇다면 우리는 독창성을 버려야 할까?

편도체의 작용을 억제하는 방법

하지만 이런 편도체의 작용을 억제하기 위해서 방법이 없는 것은 아니다. 편도체의 작용을 억제하기 위한 방법은 아래와 같다.

방법 1. 좋은 평판을 쌓아라

오늘날 많은 크리에이터가 콘텐츠를 만들어 배포하는 것을 예로 들 수 있다. 그들은 도움이 될만한 지식을 아무런 비용을 받지 않고 배포하는데, 그 행위 자체가 좋은 평판을 쌓는 데 도움이 되기 때문이다.

방법 2. 익숙하게 만들어라

1960년대 미시건 대학교 심리학자 로버트 자종크는 간단한 실험을 했다. 스크린에 인식하지도 못할 만큼 짧은 시간에 그림을 보여주고, 그 그림을 얼마나 선호하는지 물었다. 놀랍게도, 사람들은 전혀 기억하지 못해도, 이전에 본 것을 더 선호했다. 이를 **단순노출효과(The Mere Exposure Effect**)라고 말한다. 이 효과는 실제로도 자주 응용되는데, 이처럼 반복적으로 노출하여 새로운 것이더라도 익숙하게 만드는 것이 중요하다.

방법 3. 스위트 스폿을 노려라

인간이 익숙한 것만 좋아하는 것은 아니다. 인간은 색다름에서 얻는
신선함도 선호한다. 문제는 이 익숙함과 색다름 사이의 비율을
얼마나 섞을 것인가이다. 익숙한 느낌과 동시에 새로운 느낌이
들어야 편도체의 작용을 억제할 수 있다.

방법 4. 커넥터가 되거나 커넥터와 관계를 쌓으라

심리학자 밀그램은 특정인에게 연쇄 편지를 보내는 실험을
했다. 편지 대부분이 전달되지 않았지만, 전달된 편지 중 절반이
공통경로를 통해 전달되었다. 이 공통경로가 바로 **'커넥터'**다. 우리는
이런 커넥터의 역할을 만들기 위해 아이덴티티를 창조하거나
그런 사람들과 관계를 쌓아야 한다. 사람들이 신뢰하는 커넥터가
독창적인 당신의 작업을 사람들과 연결하는 역할을 하기 때문이다.

심리학자 밀그램의 연쇄편지 실험
밀그램은 특정인에게 연쇄편지를 보내는 실험을
했다. 편지 대부분이 전달되지 않았지만, 전달된
편지 중 절반이 공통경로를 통해 전달되었다. 이
공통경로가 바로 **커넥터**'다.

커넥터   타깃

마케팅이 창작자에게 왜 필요한 것일까?

다시 고흐, 피카소의 예를 보자. 왜 한 명만 생전에 인정받았을까? 단순하다. 고흐는 고립됐지만, 피카소는 광범위한 인맥을 가졌다. 또 고흐는 900점, 피카소는 1만 3천 점을 남겼다. 피카소가 노출이 많아 사람들이 받아들이기 쉬웠고, 사회적 관계 또한 잘 활용했다. 당신이 고흐가 아닌 피카소를 지향한다면 열심히 만들기만 하면 안 된다. 노출과 동시에 사회지능을 쌓아야 한다. 그것이 마케팅을 공부해야 하는 이유다.

TIP & POINT ────────────────────────

① 피카소와 고흐의 가장 큰 차이는 '사회지능'이었다.

　아무리 독창적인 아티스트라도 사회지능이 낮으면 가난을 면치 못한다.

② 사람들은 너무 독창적인 것에 심리적 두려움을 느낀다. 편도체의 작용 때문이다.

③ 편도체의 작용을 억제하는 요소들은 다음과 같다. 좋은 평판, 익숙함과 동시에 새로운 것, 커넥터

④ 독창적인 작업으로 성공하고 싶은 아티스트라면, 독창성과 동시에 사회지능을 쌓아야 한다.

────────────────────────────────

⑥

브랜드가 자리 잡기도 전에
팬을 만드는 전략

선팔맞팔이 필패인 이유

인스타그램 태그창을 열고 선팔맞팔이라는 해시태그를 검색해보자. 현재 2021년 3월 16일 기준 인스타그램에서 활용되고 있는 해시태그는 다음과 같다.

#선팔맞팔(1,933만 게시물)

#선팔맞팔환영(225만 게시물)

#선팔맞팔100(7.1만 게시물)

...

SNS를 하다 보면 이런 해시태그들은 흔히 볼 수 있다. 하루빨리 인플루언서가 되어 수익을 창출하고 싶은 마음에, 이런 해시태그가 무분별하게 사용되고 있다. 하지만 단도직입적으로 말하자면 이런 해시태그는 위험하다. 많은 사람이 이런 것이 단기적 이익을 낼 수 있겠지만, 결국엔 손해가 될 것이란 걸 모른다. 왜냐하면 그것은 '관계에 조건을 단다.'라는 말이기 때문이다. 이게 얼마나 치명적인지 설명할 것이다.

또 다른 새로운 전략을 소개해 줄 것이다. 이 전략은 처음에는 손해 보는 것처럼 보이지만, 결국에는 승리한다. 이 글을 끝까지 읽어보고, 생각이 바뀌길 희망한다.

당신의 창작물은 퍼질수록 가치가 커진다

메트칼프의 법칙(Metcalfe's Law): '네트워크의 가치는 네트워크에 연결된 노드의 수를 제곱한 것과 같다'

위에 글을 읽고 단박에 이해가 안 가도 안심해도 된다. 이 법칙을 곧이곧대로 이해할 필요는 없다. 다만 핵심만 알면 된다. 이 어려운 말의 핵심을 쉽게 풀어서 설명하자면, 팩스를 가진 사람이 많아질수록, 그 가치는 커진다는 말이다.

팩스를 가진 사람이 많아진다고? 그런 게 대체 뭐가 중요하단 말인가? 하지만 당신 기대와 달리 이는 중요한 문제다. 다시 한번 찬찬히 이 문장을 살펴보라. 이 말을 다른 말로 표현하자면, 네트워크에 연결된 사람이 많을수록 가치가 커진다는 말이다. 즉, 사람과의 연결이 가치를 만든다. 당신도 마찬가지다.

당신 작업물에 연결된 사람이 많아지면, 그 가치는 자연히 커진다. 인스타그램에서 여러분의 작업물을 저장하거나 공유하는 사람이 많아지면 여러분 작업물의 가치도 자연스레 커진다. 그러니 일단 퍼뜨려야 한다. 조건을 달아 당신의 작업을 꽁꽁 감추지 마라.

창작물 무료 배포가 전략이 될 수 있다

크리에이티브 커먼스 라이선스(Creative Commons License): '특정 조건에 따라 저작물 배포를 허용하는 저작권 라이선스 '

SNS에 작업 계정을 둘러보면, 허가 없이 자신의 작업을 이용하지 말라는 글을 흔히 볼 수 있다. 물론 이해가 가지 않는 건 아니다. 허락 없이 자신의 작업을 이용하는 사람이 많아지면 자신이 영리적인 이득을 취하기 힘들어진다는 생각 때문일 것이다.

하지만 저작권 사용 범위를 조절함으로써, 영리적 이득을 포기하지 않으면서 노출도 높이는 방법이 있다. 바로 **크리에이티브 커먼스 라이선스**를 활용하는 것이다.

토머스 호크가 이를 활용하여 성공한 대표적인 예이다. 그는 세상에서 가장 성공한 디지털 사진작가 중 한 명이다. 그는 평생 백만 장의 사진을 찍겠다는 목표를 세우고 지금까지 엄청난 사진을 찍어왔다. 그리고 자신의 사진을 팬들에게 무료로 배포했다. 그는 망했을까? 아니다. 그는 그 결과 수많은 팬덤과 작업의뢰를 얻었다.

이처럼, 조건 없이 자신을 증명하고, 관계를 쌓는 것은 좋은 전략이다. 신뢰를 얻기 위해서는 자신을 증명하는 것이 먼서나. 디지털 시대에 무조건 자신의 작업을 사용하지 않도록 꽁꽁 막아두는 것은 독이 되기 십상이다. 당신이 하는 게 무엇이든 아끼지 마라, 아끼다 똥 된다. 디지털 시대에 굳이 홍선대원군이 되려 하지 마라.

크리에이티브 커먼스에 대한 더 상세한 내용은 **blog.naver.com/ yeojung-art**에서 정보 탭을 확인하기 바란다.

주면서 눈에 보이지 않는 것을 얻어라

프론트-엔드^{Front-End}: 프로그램 유저에게 보이는 것
백-엔드^{Back-End}: 프로그램 뒤에 돌아가는 기능

프론트엔드와 백엔드는 원래 프로그래밍 용어인데 사업에도 적용된다. 쉽게 말해 앞에 보이는 것(프론트-엔드)과 뒤에 안보이는 것(백-엔드)이다.

이케아가 엄청난 적자를 보며 미트볼을 파는 건 전략적 손해다. 음식을 팔면서(프론트-엔드), 고객에게 다른 쇼핑을 유도(백-엔드)하기 때문이다. 즉, 망하지 않는 선에서 베풀면, 성장 속도는 증가하기 마련이다.

주는 것은 장기적 성장 계획이다

대부분이 SNS를 그저 자신의 포트폴리오를 채우는 공간으로만 인식하는 것 같다. 하지만 그것 이외에도 엄청난 장점이 있다. 바로 SNS 공간을 실시간으로 자신의 실력을 개발할 R&D 공간으로 활용할 수 있다는 점이다.

그리고 이를 활용해 성공한 작가가 있다. 《딜버트》의 저자 스콧 애덤스다.

스콧은 초보 작가 시절 블로그를 일종의 R&D 공간으로 활용했다. 다양한 주제와 어조를 사람들에게 실험하며 반응을 본 것이다. 그가 받은 피드백으로 인해 자연스레 사람들이 어떤 글을 좋아하는지 알게 되고, 일도 들어왔다.

이처럼, 무언가를 주는 것은 장기적 관점에서 이득이다. 특히 여러분이 경력이 없음에도 불구하고 작가가 되고 싶다면, 사람들에게 주는 게 일의 시작이 될 수 있다. 그것은 버리는 시간이 아니라 실력을 얻는 시간이 될 것이다.

팬은 이방인이 아니라 가족이다

여러분이 친구가 2명이 있다고 하자. 한 친구는 만날 때마다 칼더치에 주고받는 게 명확한 관계다. 그리고 다른 친구는 만날 때마다 조건 없이 호의를 베푼다. 둘 중에 누가 더 끌리겠는가? 아마 다른 조건이 같다면 후자가 훨씬 끌릴 것이다. 왜냐하면 진정한 관계는 조건 없이 주는 것에서 시작되기 때문이다. 성경에도 이와 비슷한 내용이 나온다.

성경의 고리대금 금지 기록은 모세 시대까지 거슬러 올라간다. 규칙은 종족에게 무이자로 대출해주고, 이방인에게는 이자를 받는다. 종족 안에서 돈이 자유롭게 돌면, 결국엔 종족 전체가 성장한다.

이방인과 가족의 차이는 결속력에서 엄청난 차이를 가지고 온다. 계약서로는 관계에 대한 결속과 유대를 얻을 수 없다. 일이 끝나면 바로 남이 되는 것이다. 하지만 여러분이 팬들에게 조건 없이 베푸는 횟수가 많아진다면, 여러분 커뮤니티의 결속력은 점점 더 강화될 것이다.

그러니 팬을 가족처럼 대해라. 당신을 따르는 팬에게 이자를 물리려 하지 마라. 당신이 이득만 따진다는 것을 눈치채면. 바로 절교각일 것이다.

돈이 안 되는 일을 할수록, 결국엔 돈이 된다

마케팅 전문가 세스 고딘은 집단을 세 가지로 분류했다.

집단 1. 가족

가족과 같이 진심으로 기꺼이 함께하고자 하는 사람들, 이들에겐 자기 집에 저녁밥을 먹으러 와도 돈을 받지 않는다.

집단 2. 거래

거래하는 사람들, 이들에게 얻는 게 기념품이든 그림이든 강연이든 돈을 지불해야 한다.

집단 3. 프렌들리

친구가 되고 싶어 하는 팔로워들, 이들은 '프렌들리'라고 하는 새로운 집단.

인터넷의 등장은 새로운 세 번째 집단을 만들었다. 이들은 '프렌들리'라는 집단으로, 당신의 팔로워들이다.

이들의 크기가 커질수록 자연스럽게 두 번째 집단의 크기가 커진다. 두 번째 집단에 초점을 맞추는 것은 단기적 관점이다.

브랜드를 만들기도 전에 팬을 만드는 전략

그렇다면 앞서 말한 '프렌들리'를 키워 수익을 창출한 사람들이 한국에도 있을까? 물론 있다. 모베러웍스라는 브랜딩 회사가 대표적 예다. 그들은 아무것도 없는 상태에서 MoTV라는 유튜브 채널을 먼저 만들었다.

얼마나 없는 상태에서 만들었냐면, 첫 화가 브랜딩 회사를 만들겠다는 아이디어를 짜는 내용이고 그다음 화에서 바로 다니던 회사 퇴사 버튼을 클릭하는 과정을 찍었다.

무모해 보이는가? 하지만 그들은 멈추지 않았고 자신의 회사를 브랜딩 하는 동안 영업 비밀이라 할만한 브랜딩 지식과 성장 과정을 무료로 풀었다. 자연스레 사람들은 브랜드의 성장 과정을 접하게 되고, 애착을 느껴 팬이 되었다.

그리고 그 결과, 그들은 브랜드를 출시하기도 전에 이미 팬의 기반이 형성되어 있었다.

존버는 승리한다

펜실베니아 와튼 스쿨의 교수이며, 조직 심리학자인 애덤 그랜트는 산업 전반에 걸쳐 다양한 문화권에서 3만여 명을 조사했다. 그는 그 과정에서 사람을 세 가지 스타일로 분류할 수 있게 되었다.

집단 1. 주는 사람(giver)

아무 이유 없이 다른 사람들을 도와주는 사람들.

집단 2. 맞추는 사람(matcher)

주고받는 것의 균형을 맞추는 자들, "내가 무언가를 받으면, 나도 도와준다."는 유형.

집단 3. 받는 사람(taker)

자기 이익만을 생각하고 뺏는 사람들.

여러분은 누가 최악의 성과를 낼 것 같은가? 주는 사람이라고 생각하는가? 맞다. 그들이 최악의 성과를 낸다.

그렇다면 최고의 성과는 누가 낼 것 같은가? 놀랍게도 이번에도 주는 사람이 역시 최고의 성과를 낸다.

즉, 그들은 단기적으로는 손해를 보았지만, 장기적인 관점에서는 결국 큰 성공을 얻어냈다. 그러니 제발 관계에 조건을 달지 말고, 단기적 관점에 눈이 멀어 받는 사람이 되지 마라. 당신의 창작물을 그냥 선물해라.

TIP & POINT ————————————————————

① 당신의 작업과 연결된 사람이 많아질수록, 당신 작품의 크기가 커진다.

② 영향력이 없는 사람이 영향력을 획득하는 방법의 하나는 자신이 먼저 무료로 무언가를 제공하는 것이다.

③ 주는 것을 하면서 자신의 작업을 연구하고 개발하며 실력을 쌓을 수 있다.

④ '프렌들리' 집단과의 관계를 쌓는 데 집중하라. 이들의 크기가 커질수록 자연스럽게 다른 집단의 크기도 커진다.

⑤ 받는 사람이 되기보다는 주는 사람이 되어라. 당신이 선물하는 것이 무엇이든 다른 사람에게 도움 될만한 것을 먼저 주어야 한다.

⑦

콘텐츠의 목적은
감정적 교류를 쌓는 것

게리 바이너척, 소셜 마케팅 대가의 전략

소셜 마케팅 분야에서 가장 영향력 있는 사람으로 미국의 창업가, 연사, 작가인 게리 바이너척을 꼽을 수 있을 것이다. 그는 미식축구팀 뉴욕 제츠를 사버리겠다는 말이 허풍으로 안 들릴 정도로 이 분야에서 높은 성과를 거두었다. 또 그는 뉴욕 타임스 베스트셀러 책을 4권 내었는데, 모두 소셜 마케팅에 관한 책이다. 이번 장에서는 그는 대체 어떤 전략을 사용하고, 그 전략의 핵심은 무엇일지에 대해 알아보자.

잽과 라이트훅

한참 보던 SNS에 스폰서 딱지가 붙은 광고를 본 적 있을 것이다. 그때 어땠나? 아마 불쾌한 습격에 스크롤을 휙 내렸을 것이다. 아무리 잘된 광고더라도 보던 것 사이에 단절이 생기기 때문이다.

이것 참 난감하다. 당신의 작업을 잘 팔려면 홍보를 해야 하는데, 소비자 사이에 생긴 이 두꺼운 단절을 끊을 방법이 없을까? 그러기 위해 우선, 잽과 라이트훅을 알아야 한다.

- **잽:** 소비자들에게 중요한 가치
- **라이트훅:** 여러분에게 중요한 사항, 고객 유치 제품 판매

잽, 잽, 잽, 잽, 잽 그리고 라이트훅

잽은 소비자와 좋은 감정적 유대를 쌓는 것을 말한다. **라이트훅**은 여러분의 판매와 관련된 모든 행위다. 여러분은 판매(라이트훅)에 앞서 감정적 유대(잽)를 쌓아야 한다. 왜냐하면 소비자들에게 말을 걸고 싶다면, 그들이 소비하는 엔터테인먼트 자체가 되는 방법밖에 없기 때문이다!

잽, 잽, 잽, 잽, 잽 … 라이트훅! 주고, 주고, 주고, 주고, 또 주다가 … 결정적 요청! 이해되는가? 그렇다면 좋은 관계를 쌓는 잽이란 뭘까?

훌륭한 잽이란 무엇인가?

"단순해야 한다. 기억에 남아야 한다. 시선을 끌어야 한다. 재밌어야 한다."

레오 버넷[Leo Burnett], 광고 기획자

전설적 광고인 버넷이 말한 것 외에도 중요한 한 가지 요소가 있다. 바로 자신이 아닌, 고객을 위한 콘텐츠를 만들어야 한다. 풍부하고, 유익하며, 마음에 드는 것. 모름지기 잽은 이래야 한다. 실제 마케팅에서 가장 큰 효과를 발휘하는 잽은, 소비자를 사로잡는 이야기를 들려주는 **'네이티브 콘텐츠'**다.

네이티브 콘텐츠는 훌륭한 잽이다

인스타그램에서 재미있는 스폰서 광고를 우연히 보았다. 남문통닭이라는 브랜드의 광고였다. 그들은 아무 상관 없는 싸이월드가 돌아온다는 소식을 가지고, 추첨을 통한 이벤트를 열었다. 대체 싸이월드와 통닭이 무슨 상관이란 말인가?

이들이 이런 광고를 할 수 있었던 건, 네이티브 콘텐츠란 무엇인가를 이해했기 때문일 것이다. 네이티브 콘텐츠는 아무 상관 없는 것들로 자신들의 이야기와 연관 짓고, 감정을 자극한다. 하지만 이게 수익과 무슨 상관이라 이렇게까지 하는 걸까?

잽으로 상대의 감정을 마구 두드려라

감정과 소비의 연관을 잘 보여주는 실험이 있다. 연구진은 3개의 실험집단에 $5를 나눠주고 기부를 요청했다. 그들은 실험집단에 각기 다른 표현을 담은 편지를 주었다. 편지의 주요 내용은 다음과 같았다.

하나는 통계, 두 번짼 불쌍한 소녀 이야기, 세 번짼 그 두 내용을 섞었다. 그들이 도출한 결과는 다음과 같다.

- **첫 번째 편지(분석)**: 평균 $1.14 기부
- **두 번째 편지(감정)**: 평균 $2.38 기부
- **세 번째 편지(분석+감정)**: 평균 $1.26 기부

결국 **감정만 자극한 집단**이 가장 많은 기부를 했다. 사람이 이성이란 모자를 쓰고 판단을 내렸을 땐 훨씬 씀씀이가 작았던 것이다. 이 말이 뭘 뜻하겠는가? 감정과 스토리는 결국, 사람들의 씀씀이를 더 크게 만드는 것이다. 그러니 사람들에게 무언가를 요구하려면 그들의 감정을 먼저 자극해야 한다.

사람을 행동하게 만드는 열쇠는 감정적 각성 상태

생리적 각성: 모든 감각 세포가 긴장하고 근육에 힘이 들어가며 주변의 소리, 냄새, 움직임에 민감해지는 상태

생리적 각성은 우리가 스릴러 영화를 보았을 때, 손을 꽉 쥐거나 심장이 쿵쾅대는 경험을 말한다. 우리는 이런 상태에서, 싸우거나 도망가려고 하는 반응 상태가 된다.

그 이유는 우리는 인류 조상의 뇌인 **'파충류 뇌(Reptilian Brain, 두뇌에서 본능과 욕망을 관장하는 부분)'**를 아직 갖고 있기 때문이다. 설령, 그

위협이 사실이 아닌 영화라는 것을 알아도 파충류의 뇌에선 그것을 인지하지 못한다. 그래서 손에 땀이 나거나, 혈압이 올라가는 등 그 신호에 즉각적으로 반응하려는 상태가 되는 것이다.

오늘날 마케팅은 이를 노린다. 사람이 행동할 정도로 충분한 감정적 각성 상태로 만들고 나면, 그들은 게시물을 공유하거나 클릭을 한다.

공유 욕구를 불러일으키는 감정

그렇다면 당신의 콘텐츠를 공유하게 만들려면 어떤 점을 신경 써야 할까? 펜실베이니아 대학 와튼스쿨 마케팅학 교수인 조나 버거는 그 비법에 대해 다음과 같이 말을 한다.

방법 1. 정보만 주지 말고 사람의 감성을 자극하라

알고리즘이나 복잡한 기술은 사람들을 흥분시키거나 눈물을 글썽이게 만들기 힘들다. 내면의 깊은 감성을 건드려야 그들을 행동하게 만들 수 있다.

방법 2. 중요한 것은 불러일으키는 감정의 세기

공유하려는 콘텐츠의 내용이 긍정적이든 부정적이든 상관없다. 중요한 건 행동을 하게 만들 정도의 충분한 감정의 세기다. 게다가

SNS 알고리즘도 역시 동일하게 반응한다. 알고리즘은 달린 댓글이 긍정적이든 부정적이든 상관 안 한다. 그저 댓글의 개수가 하나 더 늘었다고 인식할 뿐이다.

방법 3. 감정을 활용할 때 주의할 점

감정을 자극할 때 주의할 점은 그들을 만족하게 하거나 슬프게 만들면 안 된다는 점이다. 이런 상태는 각성 효과가 낮은 상태기 때문에 행동을 취할 확률을 낮춘다.

TIP & POINT ────────────────────────

① 콘텐츠 공유의 목적은 감정적 교류를 쌓는 것이다. 잽으로 감정적 교류를 쌓다가 중요한 순간에 여러분에게 중요한 사항인 훅을 넣는 것. 관계를 제대로 쌓았다면 팬들과 브랜드 사이의 단절은 느껴지지 않을 것이다.

② 사람은 이성적으로 사고할 때보다, 감정적으로 사고할 때 씀씀이가 커진다.

③ 사람을 행동하게 만드는 열쇠는 감정적 각성 상태를 만드는 것이다. 충분한 정도의 감정이 모이면 그들은 행동하기 시작한다.

④ 콘텐츠를 공유하게 만들어 퍼지게 하는 데 중요한 요소는 다음과 같다. 감성을 자극하는 것, 감정의 세기, 각성 상태가 낮은 감정을 피할 것.

────────────────────────────────────

Chapter
03

심리
&
뇌 과학

Psychology
& Brain Science

①

적당한 재능이 슬프지 않은 이유

작가는 다 재능이 있어야 하는 걸까?

한국에서 재능과 관련해서 유행하는 프레임이 '적당한 재능은 슬프다.'인 것 같다. 결론부터 말하자면 그 말은 틀렸다. 오늘날 사회에는 '재능'과 관련된 잘못된 신화들이 많다. 이번 장에서 다룰 내용은 이런 미신을 깨고, 끊임없이 성장하는 사람들의 비결에 관해 말할 것이다.

당신의 평범함을 바꾸고 싶다면?

대부분의 사람이 행동을 먼저 변화시키려 한다. (1→ 2 →3) 하지만 우리는 행동을 바꾸기 전에 정체성을 먼저 바꿔야 한다. (3 → 2 →1)《성공하는 사람들의 7가지 습관》에서 스티븐 커비는 이를 패러다임의 변화라고 말한다.

즉, 가장 먼저 할 일은 사고를 망치는 잘못된 패러다임을 먼저 깨는 것이다. 잘못된 패러다임은 할 수 있는 일을 할 수 없게 만들고, 우리가 부정적 생각에 갇히게 만든다. 그렇다면 이런 부정적 사고의 작용은 어디서 시작될까?

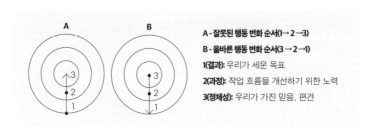

A - 잘못된 행동 변화 순서(1→ 2 →3)
B - 올바른 행동 변화 순서(3 → 2 →1)
1(결과): 우리가 세운 목표
2(과정): 작업 흐름을 개선하기 위한 노력
3(정체성): 우리가 가진 믿음, 편견

부정적 생각은 편도체의 오류다

편도체는 인간의 감정과 공포를 학습하고 기억을 담당하는 기관이다. 우리가 부정적인 생각을 하게 되는 이유는 이 편도체의 작용 때문이다.

편도체는 '나는 왜 재능이 없을까?'와 같은 부정적 생각을 우리에게 들게 한다. 그렇다면 왜 우리의 몸에 붙어 있으면서 이런 무익한 작용을 하는 걸까? 그 이유는 원시 시대 이전 생존을 위해 작용하던 뇌가 아직까지 우리에게 작용하기 때문이다.

우리의 뇌는 처음부터 완전하게 만들어지는 것이 아닌, 뇌 위에 또 다른 뇌가 쌓이는 방식으로 진화해왔다. 신경과학자 존 앨먼은 이를 '기술들의 누진적인 중첩'이라고 표현했다.

과거 원시 시대 때는 위험한 행동을 하는 것이 생존 확률을 높였다. 하지만 살아있는 것만이 살아있다고 말할 수 있는가?

이 같은 전략은 과거에는 생존율을 높였지만, 오늘날과 같이 변화를 시도해도 생존위험이 없는 상황에는 오히려 성장을 저해할 수 있다. 편도체의 주요한 특징은 다음과 같다.

· **과거의 유물:** 원시 시대 이전 생존을 위해 작용하던 것

· **변화를 두려워함:** 변화 저지로 생존율을 높임

비범해지는 건 선택할 수 있다

사회심리학자 조던 피터슨은 온전한 삶과 완전한 삶 중 삶의 방식을 선택해야 한다고 했다. 하나는 평범하고 하나는 비범한 삶이다.

그 차이가 뭘까? 조던 피터슨 교수는 그 차이를 시간이라고 정의했다. 피터슨 교수는 그들이 매일 최소 10시간 이상 커리어에 집중하고 있다고 말한다. 한 분야에 뛰어나기 위해 시간을 쏟는 건 당연한 사실이다. 하지만, 우리는 이를 쉽게 간과하곤 한다.

비범한 사람들과 싸워 이기는 방법

"성공하려면 한 가지를 탁월하게 잘하는 것보다 두 가지를 잘하는 편이 더 낫다."

스콧 애덤스 Scott Adams, 작가

1등이 아닌 사람이 두각을 드러내는 방법은 뭘까? 만화 《딜버트》의

작가 스콧 애덤스는 1등이 아닌 사람이 1등을 꺾을 방법에 대해 말한 적이 있다.

그는 두 가지 분야에 상위 25%에 드는 방법으로 천재를 이길 수 있다고 말한다. 두 가지 이상의 괜찮은 능력을 결합하면 우리는 차별성이 있는 존재가 될 수 있다. 거창한 게 아닌 세상 사람들 75%보다 잘하는 일을 뜻한다.

예를 들면, 단순히 그림만 그리는 것으로 두각을 나타내려면, 남들이 범접하기 힘들 정도로 뛰어나게 잘 그려야 한다. 하지만 거기에 유머나 이야기를 섞는다면? 만화가인 스콧 애덤스는 이 방법으로 평범함에서 벗어나, 성공을 거머쥘 수 있었다.

재능이 없다면 스토리텔러가 돼라

세계적인 상업적 성공을 거둔 사진가 체이스 자비스는 이렇게 말한다.

"미술관에 가서 1,000만 달러 그림을 보라. 그 화가가 1,000만 달러를 가격 매긴 것이 아니다. 엄청난 가격에 팔릴 만큼의 놀라운 이야기를 담은 사람이 책정한 것이다. 나는 위대한 재능을

타고나지 못했다. 그래서 놀라운 이야기를 담으려고 노력하는 스토리텔러로서 최선의 노력을 다하고자 했다. 재능이 있는 것만큼, 재능이 없다는 것도 좋은 기회가 될 수 있음을 기억하라."

너 자신을 알라. 메타인지를 높이는 방법

메타인지는 쉽게 말하면 본인의 능력치를 정확히 판단하는 능력이다. 실제보다 잘하거나 못한다고 생각하면 메타인지가 낮은 것이다. 자신을 개발하려면 먼저 자신이 누구인지 알아야 한다. 갤럽을 통해 자신의 강점을 알 수 있는 설문 조사를 받을 수 있다.

갤럽(www.gallup.com)

로그인 → Services & Solutions → CliftonStrength Assessment → 강점 5개($ 19.99), 34개($ 49.99) 중 선택 → 한국어 선택

재능이 없다고 믿어라

토니 로빈스는 사람들이 성공하지 못하는 80% 이유가 심리학적 문제고 나머지 20%는 기술적 문제라고 말했다. 재능이 없음에도 비범해지는 방법은 인정하는 것이다. 그러니 솔직해져라. 재능이 있다고 과신하는 사람보다 실수를 차단할 수 있는 과정을 높일 수 있다.

재능이라는 프레임에 갇히지 말자

'당신의 운명이 결정되는 것은 결심하는 그 순간이다.'

앤서니 로빈스[Anthony Robbins], 뇌과학 중심 라이프코치

'적당한 재능은 슬프다.'라는 부정적 생각은 행동을 막는다. 우리는 머릿속 아이디어의 결과물이 아닌 행동의 결과물이다. 부정적 생각에 가로막혀 아무것도 하지 못한다면, 더 나은 삶을 기대하기는 어려울 것이다.

점점 더 예측하기 힘든 오늘날과 같은 시대에는 그 누구도 예측하기 어려운 일들이 많이 생긴다. 일단 행동하고 평가하고 재조정하는 시간을 갖는 건 어떨까? 그러다 보면, 어느새 재능이라는 말에 갇혀 아무것도 못 하던 자신에게서 벗어날 수 있을 것이다.

<앤서니 로빈스가 말하는 성공을 못 하는 이유>

1. 내 생각이 옳다: 틀릴 수 있다는 관점으로 생각해야 함.

2. 최신 편향: 스테디셀러를 예상 못 함.

3. 지나친 과신: 미래 예측이 불가능하다면 인정하라. 그냥 하는 건 자살행위다.

TIP & POINT ────────────────

① 사람들은 결과를 먼저 바꾸려고 한다. 하지만 진정한 변화의 시작은 정체성을 바꾸는 것에서 시작한다.

② '적당한 재능이 슬프다'와 같은 부정적 생각은 편도체의 오류다. 선사시대 때는 행동을 낮춰 생존 확률을 높였지만, 오늘날은 전혀 도움이 되지 않는 생각이다.

③ 재능을 뛰어넘으려면 커리어에 집중하는 시간을 늘려야 한다. 이 사실을 간과하고 재능 타령만 해서는 안 된다.

④ 비범한 사람이 되는 방법의 하나는 하나를 특출나게 잘하는 것 보다, 여러 재능을 섞는 것이다. 이 재능의 교차점들이 당신을 더 특별하게 만든다.

⑤ 재능이 없다면 스토리텔러가 돼라.

⑥ 자신이 뭘 할 수 있고, 뭘 못하는지에 대한 메타인지 능력을 키워야 한다.

⑦ 재능이 있다고 믿는 것보다, 없다고 믿는 것이 실수를 줄인다.

────────────────────────────

②

게으름뱅이 창작자에서
벗어나는 방법

우리는 게으르게 태어났다

뇌는 진화 과정에서 에너지를 적게 쓰도록 프로그램되었다. 이게 우리가 생각을 하지 않고 게을러지는 이유다. 왜냐하면 우리가 심사숙고할 때는 에너지의 20%를 사용하는데, 이는 몸 전체에 사용할 만큼 거대한 양이다. 뇌는 같은 양의 근육 덩어리보다 22배 많은 에너지를 필요로 한다.

그럼 우리는 게으르게 살 수밖에 없는가? 물론 아니다. 뇌의 원리를 무시하지 않으면서 작업하는 방법이 있다. 이번 장은 작업하는 뇌를 위한 환경 조성 방법을 알아볼 것이다.

좋은 습관을 쌓는 요령

우리가 좋은 습관을 쌓지 못하는 이유가 뭘까? 그 이유는 안 좋은 습관의 보상은 현재에 있고, 좋은 습관은 미래에 있기 때문이다. 예를 들면, 게임을 하면 즉각적으로 재미를 느낄 수 있다. 하지만 학습을 한다고 보상이 즉각적으로 오지는 않는다.

그러면 좋은 습관의 보상을 현재에 주는 방법이 없을까? 이를 위해 고안된 방법이 **'강화'**라는 방법이다.

'강화'는 지연된 보상을 즉각적인 것처럼 뇌에 착각을 일으키는 장치다. 예를 들면 당신이 PC방에 가는 습관이 있고, 이를 끊고 싶은데 잘 안 된다고 하자.

이때 도움이 되는 방법은 계좌를 개설하고, PC방에 가는 걸 참을 때마다 그 비용만큼을 계좌에 넣는 것이다. 지연된 보상을 즉시적 보상처럼 보이게 만들어 뇌에 착각을 일으키는 것이다. 점점 계좌에 쌓이는 돈을 보면서, 자신의 인내력에 감탄하게 될 것이다.

아침에 머리 쓰는 일을 해라

자아 고갈(ego depletion): 무언가를 억지로 해야 했다면 다음 작업에서는 자기 통제력이나 발휘할 의지나 능력이 줄어든다.

사람이 아침에 100이라는 힘을 갖고 깨어난다고 하자. 우리는 이 힘을 하루 동안 써야 한다. 하루 동안 쓸 수 있는 에너지는 한정되어 있지만, 우리는 이를 잘 배분하지 못한다.

아침에 안 좋은 습관 중 하나가 눈 뜨자마자 SNS를 확인하는 습관이다. 친구와 톡을 주고받거나, 새로운 유튜버의 영상을 확인하는 것은 뇌의 연료를 다 쓴 상태에서 업무에 들어가는 것과 같다.

심리학자 데니얼 카너먼은 이를 **'자아 고갈'**이라고 말한다. 다시 말해, 판단이 요구되는 일은 아침에 하는 것이 좋다. 뇌가 덜 피로한 상태라, 올바른 의사 결정을 내릴 확률이 높아지기 때문이다.

핸드폰을 눈에 안 보이는 곳에 두어라

행동에 변화를 일으키는 강력하면서, 단순한 방법이 있다. 이 방법은 당장 써먹을 수 있는 효율적인 방법이다. 일의 효율성을 늘리는 방법은 방해가 되는 요소들을 눈에 안 보이는 장소로 치워버리는 것이다. 이를 **'이행 장치'**라고 한다. '보는' 것에 변화가 생기면 '하는' 일에 큰 변화가 생기기 때문이다. 이를 잘 활용한 역사적 인물도 있다.

극작가 빅토르 위고다. 그는 파티광이어서 일을 도저히 할 수 없을 만큼 놀러 다니는 것을 좋아했다. 그는 일을 더 미루지 않기 위해 계획 하나를 세웠다. 옷을 몽땅 모아 큰 옷장 안에 넣어 문을 잠갔다.

그는 커다란 숄 하나 외에 입을 옷이 하나도 남지 않았다. 더 입고 나갈 옷이 없자 파티에 나갈 수 없었다. 덕분에 그는 맹렬하게 글을 쓸 수 있게 되었다. 그렇게 해서 1831년 1월 14일, 명작《노트르담의 꼽추》는 당초 마감일보다 2주 먼저 세상에 나올 수 있었다.

도파민을 황금같이 여겨라

도파민은 활력을 주는 행동 계획에 중요한 신경전달 물질이다. 하지만 대부분의 사람은 도파민을 함부로 사용한다.

SNS도 사실 이에 해당한다. SNS의 스크롤을 내리기만 해도 인위적 도파민 분비가 되는 걸 아는 사람은 많지 않다.

하지만 이런 인위적 자극을 줄이기만 해도 작업 능력을 향상할 수 있다. 여러 인위적 자극을 완전히 피하는 건 힘들겠지만, 사용하더라도 시간을 정해두고 사용하자. 도파민을 아낌으로써 아웃풋을 증진할 수 있기 때문이다.

· **도파민의 인위적 분비:** 자극적 음식, SNS, 게임, 포르노
· **도파민의 자연적 분비:** 글쓰기, 대화, 책 읽기, 그림 그리기, 음악

나에게 자유의지를 주어라

하기 싫은 일을 억지로 할 때, 도움이 될만한 행동강령이 있다. 이 방법은 작가 닐 게이먼이 애용하는 방법이다. 따라 하기도 쉬워 바로 적용이 가능하다. 그는 작업을 할 때 항상 자신에게 2가지 옵션을 주었다.

<닐 게이먼의 작업 방식>

1. 앉아서 글을 쓴다.

2. 아무것도 하지 않는다. (독서나 명상 같은 특별한 활동은 안 됨)

이 방식은 자신에게 작업할지 안 할지에 대한 선택권을 주는 것과 동시에 그에게 깨달음을 주었다. 그냥 가만히 앉아있는 것보다, 작업하는 게 더 재미있다는 사실을.

몰입할 수 있는 난이도를 찾아라

개인의 경험에만 갇혀 있던 몰입을 학문에 분야로 끌고 온 사람이 있다. 미하일 칙센트미하이라는 심리학자다.

그는 **몰입의 3요소**를 아래와 같이 정하였다.

• **명확한 목표**

• **실력에 걸맞은 과제 난이도**

• **빠른 피드백**

이 중 과제 난이도를 변경하여 몰입력을 키울 수 있다. 어느 정도의 난이도가 그럼 적당할까? 평소 하던 것보다 조금 어려운 정도가 적당하다. 그 정도 난이도의 어려움은, 자연스럽게 몰입 상태를 유도한다.

지나치게 어려워서도 안 되고 쉬워서도 안 된다. 딱 들어맞아야 한다. 대략 현재 능력에서 4% 넘어가는 일을 할 때 우리는 몰입 상태에 돌입할 수 있다. 부담스럽지 않을 정도로 적당한 것이 포인트다.

정체성의 뜻과 재조정

정체성은 **'반복된 실재'**라는 뜻이다. 우리가 행위를 반복할수록 그 행위와 연관된 정체성은 점점 강화된다.

당신은 왜 창작을 하는가? 창작이 돈을 벌어다 주는 것도 아니고, 누가 시킨 일도 아니라면 말이다. 그 이유는 그게 당신의 정체성을 보여주는 행동이기 때문이다.

우리가 자진해서 원하는 일을 늘려야 한다. 심리학자 미하이 칙센트미하이는 무엇을 원한다는 사소한 마음의 움직임이 집중력을 높이고 의식을 명료하게 만들며 내면의 조화를 이루어낸다고 말했다.

그의 말처럼, 좋은 습관을 쌓아 행위를 반복함으로써, 우리의 정체성을 단단히 쌓아나가자.

TIP & POINT ────────────────────────────────

① 생각하는 데는 많은 에너지가 들어간다. 작업하는 데 덜 힘이 들도록
   뇌를 위한 작업 환경 조성 방법이 필요하다.

② 좋은 습관의 경우 대부분 보상을 뒤늦게 받을 수 있다. 그래서 우리가
   좋은 습관을 못 쌓는 것이다. 이를 막으려면, 지연된 보상이 즉각 된
   보상처럼 보이게 만들어야 한다.

③ 우리는 무언가를 억지로 할 때마다 자아 고갈이 온다. 효율적으로
   일하려면 의지력이 바닥나기 전에 중요한 일을 먼저 하는 편이 좋다.

④ 나를 놀고 싶게 만드는 핸드폰이나 타블렛과 같은 물건들을 눈에 안
   보이는 곳에 둔다.

⑤ 일할 힘을 아끼려면 인위적인 자극을 줄여야 한다.

⑥ 닐 게이먼처럼 일할 자유의지를 자신에게 주어라.

⑦ 몰입할 수 있는 적당한 난이도로 작업을 하라. 실력도 늘고 집중도 될
   것이다.

────────────────────────────────

③

창작에 관한 대가들의 조언

대가들이 힘든 상황에서도 몰입하는 방법

힙합 아티스트 에미넴은 많은 어려운 상황을 뚫어냈다. 그의 주위에는 너무나도 힘든 상황이 겹겹이 쌓여있었다. 시궁창 같은 환경에 둘러싸인 어린 시절, 인종차별, 이혼, 약물 중독, 친구의 죽음 등 셀 수 없이 많은 문제가 그를 기다렸다. 하지만 그는 그걸 마침내 다 뚫어내고 자신이 바라던 자신의 모습을 이루어냈다.

그의 노래 중 'Lose yourself'가 이런 그의 태도를 잘 드러낸다고 생각한다. 내용은 단순하다. 힘든 상황에서도 몰입하려는 사람에 관한 가사다.

이 장에서 다룰 내용은 이런 **'몰입'**에 관한 이야기다. 대가들은 작업에 대해 어떤 태도로 임하는지 개인적으로 궁금했었다. 만약 당신이 여러 상황으로 스스로의 몰입이 어렵다면, 이들의 생각이 도움 될 것이다.

닐 스트라우스 - 작가의 벽이란 존재하지 않는다

아마 슬럼프에 갇힌 듯한 기분이 든 적 있을 것이다. 이에 관해 닐 스트라우스는 독특한 관점을 제시했다. 그는 작가의 벽을 재밌는 관점으로 표현했다.

"작가에게 벽이란 사실 존재하지 않는다. 작가의 벽은 발기 부전과 비슷하다. 자연스럽게 할 수 있는 일을 잘해야 한다는 부담감 때문에 하지 못하는 것뿐이다."

덧붙여 그는 "기준을 낮추라"고 주문한다. 글쓰기에 관한 최고의 조언은 간단하다. '매일 허접스럽게라도 두 장씩 써라."

어쩌면 우리가 창작이란 숨 쉬듯 자연스러운 것인데 너무 어렵게만 생각하는 것이 아닐까? 숨 쉬는 것처럼, 의식하지 못할 정도로 자연스럽게 기준을 낮춰보자. 숨 쉬듯 자연스럽게 몰입이 될 것이다.

지미 본 – 알아야 창작할 수 있는 게 아니다

전설의 기타리스트 지미 본은 이렇게 말한 적이 있다. '나는 내가 10초 전에 무엇을 연주했는지도 모른다.' 그의 말처럼 꼭 비결을 캐내고, 뭔가 알아야만 열심히 몰입할 수 있는 건 아니지 않을까? 오히려 그런 방식에서 벗어나 일단 시작하다 보면, 자연스럽게 몰입이 된다.

그림을 그리기 위해서는 일단 붓을 들어야 하듯, 일단 의자에 앉아서 붓을 잡는 것부터 시작해보자. 그리고 아무 생각 없이 붓 터치를 몇 번

시작해보면 된다. 왜냐하면 꼭 알아야만 창작할 수 있는 것이 아니기 때문이다. 하다 보면 자연스럽게 그리고 싶은 것이 생길 것이다.

릭 루빈 - 할 수 있는 최소한으로 쪼개라

슬럼프가 왔을 때는 어떻게 해야 할까? 미국의 음악 프로듀서 릭 루빈은 이렇게 말한다. "자신에게 간단한 숙제를 내라. 다섯 줄의 가사가 필요하다고 해보자. 그럴 땐 내일 오전까지 마음에 '딱 한 단어'만 찾는 것이다. 한 단어는 누구나 쓸 수 있다.

정말 쉽지 않은가? 거대한 무언가에 대해 우리가 압도되는 상황이 올 때, 우리는 그것을 할 수 있을 만큼의 양으로 쪼갤 수 있다. 예를 들면, 책 한 권 읽기를 책 한 챕터 읽기로 바꿀 수 있다. 그것도 힘들다면 책 1장 읽기, 그것도 힘들다면 2~3문장 읽기로 바꿀 수도 있다. 피카소의 그림도 단 하나의 선에서 시작되었다는 것을 기억하자.

무라카미 하루키 - 괴로움은 선택할 수 있다

위대한 작가 무라카미 하루키는 장거리 달리기 선수이기도 하다. 그가 남긴 말은 어떤 인생의 시기에도 탁월하게 적용할 수 있다.

"고통은 필연이지만 괴로움은 선택이다."

살다 보면 '힘들어. 더는 못하겠어.'라고 할만한 상황이 많다. '아픈 것'은 피할 수 없다. 하지만 그것을 계속할지 말지는 자신에게 달렸다.

조던 피터슨 교수도 그의 저서 《질서 너머》에서, 이와 비슷한 말을 했다. '나는 결점투성이지만, 적어도 이건 하고 있어. 적어도 내가 지기로 한 짐을 지고, 비틀거리지만 위쪽으로 나아가고 있어.'

어쩌면 몰입은 바둥거림일지 모른다. 힘들지만 그것을 외면하지 않고 선택함으로써 바둥거리며 나아가는 것이다.

조셉 고든 래빗 - 일 자체가 즐거워야 한다

영화배우 조셉 고든 래빗은 명성에 관해 이렇게 말한다.

"명성을 얻는 건 나쁜 일이 아니다. 다만 명성을 추구하면 행복하지 않은 길로 향할지도 모른다는 사실에 유념해야 한다. 내가 만나본 유명 스타 중 행복한 사람은, 결코 자신이 스타라서 행복해진 게 아님을 알 수 있다. 어느 분야든, 당신이 성공하면 매력적인 보상이

존재할 것이다. 하지만 내 경험에 비추어 진심으로 말하자면, 일 자체에서 즐거움을 얻는 것이 가장 매력적인 보상이다."

충분한 성공을 해냈음에도 불구하고, 계속해서 일하는 사람이 있다. 그들은 왜 계속해서 일하는 것일까? 아마 그 일 자체가 자신의 정체성을 잘 반영해주고 보람을 느끼게 해주기 때문일 것이다. 자신에게 가치 있다고 생각하는 일을 하는 것, 그러다 보면 자연스럽게 몰입이 될 것이다.

닉 스자보 - 좋은 아이디어는 용기다

비트코인의 기원인 비트골드를 고안한 닉 스자보는 아이디어에 관해 이렇게 말한다.

"피드백에 전혀 개의치 않을 자신 있는가? 그럼 천재가 될 수 있다."

우리는 사회적 동물인지라 알게 모르게 다른 사람의 생각을 신경 쓴다. '이런 이야기가 바보같이 들리면 어떻게 하지?'란 생각이 끊임없이 들 것이다. 하지만 이런 생각 때문에 보석 같은 아이디어가 세상에 나오지도 않고 묻힐 수 있다면?

남다른 아이디어를 얻으려면 때로는 다른 사람의 피드백을 무시해야 할 때도 있다. 어쩌면 좋은 아이디어에 필요한 건 창의성보다 '용기'가 아닐까?

넬슨 만델라 - 의문을 질문으로 바꿔라

의문과 질문의 차이에 관해서 아는가? 이에 관해 국립국어원은 이렇게 답변한다.

'의문'은 의심스럽게 생각하거나 그러한 사실, **질문**은 알고자 하는 바를 얻기 위한 물음을 의미한다.

즉, 의문에는 의심이라는 부정적 생각이 담겨 있지만, 질문은 문제를 해결하고자 하는 노력이 담겨 있다.

'감옥에서 그 긴 세월을 어떻게 견뎠습니까?'라는 물음에 만델라는 이렇게 답했다. "난 견딘 게 아니라오. 준비하고 있던 거지."

만델라는 의문을 훌륭한 '질문'으로 바꿔놓는 답을 내놓았다. 그는 '의문'이라는 부정적 생각에만 멈춰져 있지 않았다. 그는 그걸 '질문'으로 바꿈으로써 의미를 만들어냈다.

우리도 이런 태도를 보여야 하는 게 아닐까? 어쩌면 우리는 삶이 우리에게 던지는 질문에 '의문'만 가진 것일지 모른다. '내게 왜 이런 일이 생기는 것이지?'라며 부정적 생각에만 매달린다. 하지만 그런다고 뭐가 나아지겠는가? 문제를 해결하려면 의문을 질문으로 바꾸어야 한다. 우리는 문제를 해결하기 위한 책임을 짊어져야 한다.

스콧 벨스키 - 기회가 없는 곳에서 만들라

스콧 벨스키는 창작자들을 위한 선도적 플랫폼인 '비핸스'의 공동 창립자 겸 대표다. 그는 기회에 대해 이렇게 말한다.

"사람들이 좋아하는 것이 아닌 좋아하지 않는 것에 머물러야 한다. 거기서 가능성을 발굴하면 상상을 초월할 정도로 강력해진다. 지금 눈에 보이는 것만으로 의사결정을 내리면 '비전'은 포기하라. 나는 인생을 바꿀 수도 있는 진지한 결정을 내릴 때 사람들이 얼마나 게으른지 발견하고는 깜짝 놀라곤 한다. 이미 만들어진 것에 왜 그렇게 합류하려고 애쓰는가? 기회를 잡고 싶다면 '합류자'가 아니라 새로운 뭔가를 만드는 '설립자'가 되어야 한다."

우리는 생각하는 것이 힘들어, 쉬운 길로만 가려는 경향이 있다. 그게 속이 편할지는 몰라도, 이미 편한 걸 바라고 온 사람들로 꽉 차

있다면? 그때는 이러한 선택이 오히려 위험한 선택이 될 수 있다. 스콧 벨스키처럼 혼란 속에 있는 기회를 포착하는 설립자가 되어 보는 건 어떨까?

TIP & POINT ─────────────────────────

① 작가의 벽이란 건 사실 존재하지 않는다. 기준을 낮추는 것이 중요하다. 매일 허접스럽게라도 조금씩 작업하라.

② 꼭 비결을 알아야만 작업을 할 수 있는 것이 아니다. 매일 하던 대로 자연스럽게 하는 습관이 중요하다.

③ 너무 거대하게 느껴지는 일은, 할 수 있다는 생각이 들 만큼 잘게 쪼개라.

④ 고통은 필연이지만 괴로움은 선택이다. 고통스럽지만 앞으로 나아갈지 말지는 자신이 정하는 것이다.

⑤ 창작의 성과보다는 창작하는 과정 자체를 즐겨보도록 하자.

⑥ 타인의 시선에 신경 쓰지 말자. 좋은 아이디어는 용기다.

⑦ 삶이 우리에게 던지는 의문을 질문으로 바꾸자.

⑧ 기회는 없는 곳에서 잡는 게 나을 수도 있다.

④

내면의 고요를 유지하는 방법

철학은 스트레스를 줄여준다

너무 우울해서 아무것도 못 할 것 같은 기분이 든 적 있는가? 누구나 그렇겠지만 나도 여러 번 겪었다. 인생에서 실패했다는 기분이 자꾸 들었다. 그러다 우연히 선종의 '아무 생각도 하지 말라'라는 말을 접했는데, 그 간단한 메시지가 나의 정신 건강을 되찾는 데 도움 되었다.

신을 믿지 않지만, 철학이 스트레스를 줄인다는 걸 그때 깨달았다. 게다가 내면을 고요하게 하는 것은 작업에 몰입하는 데 도움을 준다. 《몰입》의 저자 황농문 박사는, 그의 저서에서 '슬로우 싱킹'이라는 개념을 소개하며, 인간은 긴장이 풀어진 유연한 상태에서 집중을 할 수 있다고 언급한 바 있다.

이번 장은 이런 고요한 상태를 유지하는 데 도움이 될만한 철학적인 말들을 가져왔다. 언제든 되뇔 수 있는 짧은 메시지를 갖는 것은 고요한 정신을 유지하는 데 큰 도움이 된다.

대부분의 일이 긴급하지만 중요하지 않다

"발전하고 싶다면 외부의 일에 아무것도 모르는 멍청한 상태로 나타나기를 즐겨라."

에픽테토스[Epicetus], 스토아학과 철학자

오늘날 현대사회에서 우리는 많은 양의 정보를 접하면서 살아간다. 이런 정보들을 접하기 전에 습관적으로 우리에게 물어볼 필요가 있다.

"이 정보가 지금 나에게 도움이 되는 정보일까? 중요한 일을 피하고자 일부러 불필요한 일을 하는 건 아닐까?"

우리는 일상 속에서 각종 가십과 사건 등 여러 방해 요인에 둘러싸여 있다. 우리는 이 흐름을 반드시 멈춰야 한다. 정보의 홍수에 빠지면 명료하게 사고하거나 행동하기 힘들어진다.

우리가 꼭 유행에 앞서나가고, 모든 정보를 알아야 할 필요는 없다. 뒤처지더라도 필요 없는 것을 밀어내는 용기가 필요하다. 여러분 인생에 중요한 우선순위가 뭔지 질문하는 습관을 지닌다면, 삶이 균형을 되찾을 것이다.

지나치게 분석하지 말고 그저 할 일을 해라

"생각하지 말자. 그냥 치자."

숀 그린 _Shawn David Green_ : 메이저 리그 야구선수

인생에서 도저히 일어날 수 없을 것 같은 최악의 슬럼프를 겪은 적이

있는가? 그렇다면 숀 그린의 이야기를 듣는 것이 도움이 될 것이다.

그는 메이저리그 활동 중 최악의 슬럼프를 겪었다. 2002년, 1년에 1,400만 달러를 받으면서 안타 한 번 치지 못했다. 그 기간 동안 그가 겪었을 심리적 괴로움을 상상해보라.

그는 이 고리를 끊어야겠다고 생각했고, 계속해서 선종의 교리를 되뇌었다. '나무하고 물 긷고, 나무하고 물 긷고, 나무하고 물 긷고.' 못할 때나 잘할 때나 현재에 집중하며 머릿속을 비우려 노력했다. 그리고 그해 결승 19누타수 7타점, 독보적 성적으로 슬럼프를 끝냈다.

이와 비슷한 이야기를 더 듣고 싶다면 네이버에 '김연아 무슨 생각을 해'를 검색해 보자. 한 기자가 그녀가 스트레칭할 때 무슨 생각을 하냐고 물어봤을 때, 그녀는 "무슨 생각을 해... 그냥 하는 거지."라고 조금은 퉁명스럽게 대답을 한다.

우리는 좋은 성과를 내기 위해 무수히 많은 생각을 할 때가 있다. 하지만 지금 필요 이상으로 많은 생각을 하는 건 아닐까? '나무하고 물 긷고, 나무하고 물 긷고'. 그저 충실한 과정에 집중하자. 그런 나날들이 쌓이다 보면 어마어마한 홈런을 치는 날도 오게 될 것이다.

일기는 철학을 실천하는 방법이다

"일기는 마음속 동요와 어리석음을 몰아내고 어려움을 극복하는 일이다."

미셸 푸코^{Michel Foucault}, 프랑스 철학자

후폼네마타는 고대의 글쓰기 양식, 자신에게 쓰는 글을 의미한다. 미셸 푸코는 일기를 '영적 전투의 무기'라고 말했다. 일기는 마음속 동요를 몰아내고 일상에 철학을 실천하는 방법이다.

이는 과학적으로도 증명된 방법이다. 인지과학자 대니얼 J. 레비틴은 그의 저서 《정리하는 뇌》에서 이를 언급한 바 있다. '인간의 두뇌가 몽상할 때, 그것을 어떻게든 처리하지 않으면 계속해서 머리를 휘젓는다. 자기가 원하는 일에 집중하지 못하게 하는 잡음을 머릿속에서 깨끗이 청소해내는 방법은 글로 적는 것이다.'

이처럼 일기 쓰기로 머릿속 짖어대는 개를 조용히 시킬 수 있도록 하고, 다가올 하루를 준비할 수 있도록 하는 게 어떨까? 당신의 고요하고 안정된 삶을 위하여.

좋은 성격은 흔들리지 않게 해준다

"성격이 곧 운명을 만든다."

헤라클레이토스^{Heraclitus of Ephesus}, 고대 그리스 철학자

우리는 성격이나 태도를 타고난 것이라며, 그것의 중요성을 간과하기도 한다. 하지만 성격은 헤라클레이토스의 말처럼 운명을 뒤바꿀 수 있다. 왜냐하면, 성격이 행동의 반응을 결정하기 때문이다. 성격은 뇌에 새겨진 각인이고, 어떻게 반응할지에 관한 패턴이다. 그러니 우리는 좋은 성격을 유지하기 위한 노력을 해야 한다.

그러려면 어떻게 해야 할까? 의도적으로 좋은 생각을 하면 된다. 이와 관련하여, 심리학자 윌리엄 제임스는 이렇게 말한 바 있다.

"아무리 사소한 생각이라도 예외 없이 두뇌의 구조를 변화시켜 흔적을 남긴다."

좋은 생각이든 나쁜 생각이든 그것이 반복되면 강력한 패턴을 만든다. 그러니 좋은 생각을 반복적으로 해 좋은 인격과 강인한 자아를 함양하도록 하자.

그러면 다른 사람이 겁먹고 유혹에 빠질 때도 쉽게 흔들리지 않을 수 있다. 다른 이의 말에 마음이 흔들리지 않는 사람은 강해진다.

마음의 평화를 찾으려면 걷고 또 걸어라

"내가 할 일은 단 하나뿐이다. 집에 가는 대신 다시 산책하는 것이다."

키르케고르^{Kierkegaard}, 실존주의 철학자

키르케고르는 자신이 절망과 좌절, 병적인 상태로 집에서 쫓기듯이 나왔던 어느 아침에 관한 이야기를 들려준다. 한 시간을 걸은 뒤, 그는 마침내 평화를 되찾고 집 근처까지 왔다. 그런데 집 앞에 마주친 신사가 그에게 온갖 문제를 지껄여댔다. 그가 할 일은 하나였다. 집으로 돌아가는 대신 다시 산책하는 것.

우리도 그래야 한다. 부정적인 생각에서 의도적으로 멀어지자. 삶의 아름다움을 되찾고 싶다면 말이다.

거장은 자신만의 루틴을 가지고 있다

"반복 그 자체가 중요한 것이다. 정신을 위해 스스로 최면하라."

무라카미 하루키^{Murakami Haruki}, 작가

하루키는 매일 정해진 원칙대로 사는 이유에 대해 이렇게 설명했다.

"반복 그 자체가 중요한 것이 되기 때문입니다. 최면의 일종이죠. 더 깊은 정신 상태에 도달하기 위해 스스로 최면을 거는 겁니다."

특히 창작 활동의 경우 높은 몰입도를 요구하기 때문에 몰입도가 낮은 상태에서는 집중하기가 쉽지 않다. 하지만 이러한 장벽을 낮추는 방법이 있는데, 그것은 반복이다. 하루키는 반복을 통해 몰입의 장벽을 낮춘 것이다. 이와 유사하게 현대 건축의 큰 공헌을 한 전설적 디자이너 '르 꼬르 뷔지에'는 '창의적인 사람은 수도자다.'라고 말한 바 있다.

즉, 머릿속은 비어 있지만, 몸은 반복될 때 최고의 능률을 발휘할 수 있다. 진심으로 기도하듯 충분히 반복하다 보면 루틴은 하나의 의식이 된다. 거장은 내면의 고요를 위해 자신을 통제하고, 자신만의 체계를 가지고 있다.

수면을 포기하면 정신이 무너진다

"수면은 건강과 에너지의 원천이다."

아르투어 쇼펜하우어 Arthur Schopenhauer , 철학자

쇼펜하우어는 수면의 중요성을 역설했다. "수면은 죽음이라는

원금에 대해 우리가 지불해야 하는 이자다. 더 규칙적으로 더 높은 이율을 지불한다면 원금 상환일은 멀어진다."

성공을 위해 잠까지 포기한 채 뼈 빠지게 매달리는 삶은 매력 없는 데다가 자동으로 부정적인 생각이 들게 되어있다. 집중도를 유지하기가 쉽지 않기 때문이다. 충분한 수면은 스트레스를 해소하고, 인생에 싫증 내지 않고 재미있게 하는 데 가장 중요한 요소다.

자신만의 여가 활동을 만들어라

"사람들은 여가를 위해서 단 1분조차 위험을 감수하길 두려워한다."

세네카^{Seneca}, 정치인

세네카는 우리가 일에 관해 불확실한 상황에도 위험을 감수하면서, 여가를 위해서 1분조차 위험을 감수하길 두려워한다고 지적했다.

한가하게 있는 것에 죄책감을 느낄 필요가 없다. 여가 활동은 분별없는 행동이 아니라 일종의 투자다. 목적 없는 추구에 자양분이 있는 것이다. 그게 바로 목적이다.

게다가 이러한 여가 활동은 자신을 알아가는 데 큰 도움이 된다. 누가 알겠는가? 이러한 활동들이 나중에 자신을 이끌어줄 인생의 나침반이 되어줄지.

TIP & POINT ──────────────────────

① 고요한 정신 상태를 갖는 것은 정신을 집중하는 데 큰 도움이 된다.

② 오늘날 우리는 정보 과잉의 시대에 살고 있다. 아무것도 모르는 멍청한 상태로 나타나기를 즐기고 해야 할 것에 집중하라.

③ 때로는 우리는 삶에 너무 많은 생각을 한다. 생각에 힘을 빼고 평소에 하던 대로 행동하는 습관을 지니자.

④ 생각을 글로 적는 행위는 머리를 고요하게 하는 효과가 있다.

⑤ 좋은 성격은 운명을 만든다. 좋은 생각을 반복하여 강력한 패턴을 만들면 흔들리지 않는 사람이 될 수 있다.

⑥ 부정적인 생각에 의도적으로 멀어지는 데 산책이 도움이 된다.

⑦ 행위를 반복하면 몰입을 위한 하나의 의식이 된다.

⑧ 수면을 포기하면 정신이 무너진다.

⑨ 자신만의 여가 활동을 만들어라. 자신을 알아가는 데 도움이 될 것이다.

⑤

성격이나 태도가 중요한 이유

성격이나 태도가 왜 중요할까?

나는 소위 거장이라고 불리는 사람들이 **성격**이나 **태도**를 강조하는 걸 보고 의아해하곤 했다. '작업만 잘하면 되지 그 무슨 상관이지?' 그것들을 실용적이지 않고 구시대적인 발상으로 여겼다.

하지만 성격이나 태도의 중요성은 철학이나 심리학 심지어 과학적으로도 그 효과가 입증되었다. 이번 장은 왜 성격이나 태도가 중요한 논리적 근거에 관한 내용이다.

성격은 뇌에 새겨진 각인이다

Character: 무엇을 조각하거나 도장을 찍는 도구

'성격(Character)'이라는 단어의 어원은 고대 그리스에서 왔다. 무엇을 조각하거나 도장을 찍는 도구라는 뜻이다. 그렇다면 성격은 우리 안에 너무 깊숙이 각인되어 있어 우리가 특정 방식으로 행동하게 하는 '무엇'이 된다.

그것이 성격이다. 성격이 중요한 이유는 신경학적으로 뇌에 각인되어 같은 행동을 반복할 수밖에 없게 만들기 때문이다.

성격은 세월과 함께 쌓이는 층이다

"자연의 본성을 쇠스랑으로 찍어 내다 버려도, 언제나 돌아올 것이다."

호라티우스^{Horatius}, 풍자 시인

성격은 세 가지 핵심 요소로 구성되어 있다. 세 가지는 하나 위에 다른 하나가 쌓여 있는 형태여서 깊이를 갖는다.

첫 번째 층(유전)

· 성격 가장 깊은 곳에 있는 가장 오래된 층
· 뇌의 구성 방식에 따른 선호가 미리 정해짐

두 번째 층(유년기)

· 양육자와 형성한 애착 유형으로 형성
· 일반적으로 유아기로부터 사람들은 특정 색깔의 성격을 보여준다

세 번째 층(청년기)

· 나이가 들면서 경험이나 습관을 통해 형성된 층
· 특정 전략에 의존해서 스트레스와 사람들을 상대

이렇게 복합적인 요소로 이루어진 성격은 공기처럼 늘 우리 곁을

둘러싸고 있지만, 우리는 이를 인식하기가 힘들다. 따라서 의식적 노력 없이는 강박적 행동과 나쁜 습관을 버릴 수 없다.

성격에 관해 우리가 반드시 알아야 할 점

방법 1. 당신 자신의 성격을 잘 이해해야 한다.

안타깝지만 당신의 성격을 구성하는 이 각인을 없애는 것은 불가능하다. 평생을 같이하는 동반자 관계인 것이다. 그러나 성격의 자각을 통해 약한 측면을 장점으로 전환할 수 있다. 연습을 통해 어울리는 성격과 운명을 능동적으로 만들 수 있는 것이다.

방법 2. 상대의 성격을 읽는 기술을 개발해야 한다.

패턴을 통해 성격을 보는 능력은 사회생활에서 중요한 기술이다. 이 기술이 있으면 인생의 독이 될 사람을 만나 비참한 세월을 보내는 것을 피할 수 있다.

예를 들면, 프랑켄슈타인을 쓴 메리 셸리는 그녀를 시기한 제인 윌리엄스 때문에 많은 고난을 겪었다. 제인은 메리와 친하게 지내며 그녀의 남편과 은밀한 관계를 맺고, 나쁜 소문을 퍼뜨리는 등 끊임없이 뒤통수를 쳤다. 만약 메리가 그녀의 성격을 미리 간파했더라면 피해를 최소화 할 수 있었을 것이다.

강인한 성격과 나약한 성격

강인한 성격: 어떤 일에도 전체적 모양을 유지, 비판을 수용하고
　　　　　경험에서 배움

나약한 성격: 환경에 쉽게 압도되어 미덥지 못하다, 비판이 두려워
　　　　　무언가를 배우지 못함

우리는 누구나 강인한 성격과 나약한 성격 모두 갖고 있다. 하지만 유독
한쪽으로 많이 휜 사람들도 있다. 우리는 강인한 사람과 협업하고,
나약한 사람은 피하는 게 좋다.

워렌 버핏은 투자 결정할 때 거의 항상 성격을 기준으로 삼는다.
그는 숫자를 넘어 자신이 상대하는 CEO를 본다. 그가 판단하는 것은
상대 CEO의 회복력과 신뢰성, 자립심 등이다.

태도란 무엇인가?

"태도란 특정한 방식으로 행동 또는 반응하려는 정신의 준비
상태다."

칼 융 ^{Carl Gustav Jung}, 심리학자

하루 중 우리의 정신은 수천 가지 자극에 반응한다. 뇌와 심리 구조에 따라 특정 자극에 강한 신경 발화를 겪는 것이다.

이건 우리 뇌에 있는 시냅스의 작용과 관련 있다. 시냅스는 컴퓨터의 기능을 가진 동시에 감정을 만드는 역할을 한다. 가령 우울한 생각을 많이 하는 사람이 있다고 하자. 이들의 경우 우울한 생각과의 시냅스 연결이 많아진다. 이런 시냅스 연결이 많아질수록, 자연스럽게 우울한 생각의 강도도 세진다. 우울함을 느끼는 신경의 길이 탄탄해져 그런 생각을 더 자주 하게 되는 것이다.

이게 바로 우리의 태도다. 물론, 우울한 태도를 보인 사람도 잠깐 기쁨을 느낄 수 있다. 다만 그 강도가 약하다. 그들의 신경은 슬픔을 더 잘 느끼도록 변화했기 때문이다. 그러니 작은 생각이라도 함부로 해서는 안된다.

태도를 개선해야 하는 이유

"우리 세대의 가장 위대한 발견은 태도를 바꿔 삶을 바꿀 수 있다는 것이다."

윌리엄 제임스[William James], 심리학자

나폴레온 힐의 《행동하라! 그러면 부자가 되리라》라는 책은 사업가들의 필독서로 꼽힌다. 하지만, 이 책은 사업에 관한 내용이 주를 이루지 않는다. 대신에 도덕책에 나올법한 마음가짐에 관한 이야기들이 쭉 나열되어 있다.

왜 사업에 관한 내용이 아닌 마음에 관한 내용을 길게 적었을까? 왜냐하면 **전체적 태도를 개선하면 다른 모두 것들이 좋아지기 때문**이다. 창의력, 스트레스 대처 능력, 자신감, 인간관계 모두 말이다. 이런 생각을 최초로 널리 주장한 사람은 1890년대 위대한 미국의 심리학자 윌리엄 제임스다.

부정적 태도는 우리의 창의력, 성취감, 즐거움, 활력을 희생한다. 하루를 낭비하고 싶지 않다면 안 좋은 태도를 인식하고 깨고 나와야 한다. 내적으로 잘 다듬어진 사람은 외부 세계에 대해 긍정적으로 반응하게 된다. 그들은 쉽게 좌절하지 않고, 긍정적인 자기 발전을 계속해서 이룬다.

태도에 관해 우리가 반드시 알아야 할 점

방법 1. 당신의 태도가 지각을 어떻게 왜곡하는지 반드시 알아야 한다

앞서 말했듯이 태도는 가까이 있어 일상생활에서 관찰하기 쉽지 않다. 하지만 당신이 어떤 태도를 갖는지 알고 나면, 태도를 바꾸는 힘도 훨씬 커져서 긍정적 방향으로 갈 수 있다.

방법 2. 태도가 주변을 바꾸는 데 막대한 힘을 발휘한다는 걸 믿어야 한다

의지력의 역할을 과장하라. 이것은 목적 있는 과장이다. 의지력은 긍정적 자기실현 효과를 낳기 때문이다. 태도를 빚는 작업을 우연에 맡겨두지 마라.

절정 체험은 우리에게 좋은 태도를 선물한다

절정 체험: 고된 일상을 벗어나, 인생에 숭고한 무언가가 있음을 깨닫는 것

미국 심리학자 에이브러햄 매슬로는 한계를 벗어나 혼신의 힘을 다할 때 '절정 체험'을 경험한다고 말했다. 그런 순간은 우리의 태도를 영원히 바꿔놓는다. 이와 유사하게 과학자 황농문 박사도 태도의 중요성을 말한 바 있다. 그는 이를 **내적 중요성**이라고 말했다. 내적 중요성이 커지면 그 일에 의미와 보람을 느껴, 재미를 느끼기 시작하고 몰입이 가능해진다는 것이다.

이처럼 자신이 소중하다고 생각하는 것들에 대해 헌신하는 습관을

통해, 좋은 성격과 태도를 쌓는 건 어떨까? 자신의 능력을 100% 발휘할 수 있는 좋은 성격과 태도를 지닌다면, 공허한 감정이 줄어들 것이다.

TIP & POINT ─────────────────────────────

① 성격이 중요한 이유는 신경학적으로 뇌에 각인되어 같은 행동을 반복하게 하는 패턴을 만들기 때문이다.

② 성격을 유지하는 데는 특별한 노력이 필요 없기 때문에, 의식적 노력 없이는 강박적 행동과 나쁜 습관을 버릴 수 없다.

③ 강인한 성격은 어떠한 상황에도 전체적 모양을 유지한다. 이런 성격을 지닌 사람들은 비판을 수용하고 배우기 때문에, 성장이 함께한다.

④ 태도란 특정 방식으로 반응하려는 정신의 준비 상태다.

⑤ 태도를 개선하려면 태도가 우리 지각을 어떻게 왜곡하는지 알아야 한다.

⑥ 좋은 성격과 태도를 통해 절정 체험과 몰입을 경험하자.

⑥

내면의 어둠을
긍정적으로 풀어내는 방법

어둠을 몸에 쌓으면 독이 된다

사람들이 겉모습 그대로인 경우는 거의 없다. 상냥한 외피 아래 틀림없이 불안으로 점철된 그늘이 도사린다. 다만, 남들이 보지 못하게 열심히 감추고 있을 뿐이다.

이런 어둠을 구석에 계속 눌러두려면 많은 에너지가 필요하다. 하지만 이를 긍정적으로 푸는 방법이 있다. 그런 방법의 하나가 창작이다.

그러니 우리는 내적 긴장을 풀기 위해, 비생산적인 활동에 에너지를 쏟지 않고, 어둠이 독으로 변하기 전에 그 신호를 빨리 알아채야 한다. 그리고 그 신호를 자신의 인격에 통합해 창의성으로 분출해야 한다. 모든 독은 약이 될 수 있듯, 내면의 독을 약으로 만드는 법을 알아보자.

내면의 그림자를 포착하라

"그림자는 사람들이 자신에 관해 부정하고 억누르려고 하는 모든 면이다."

칼 융 Carl Gustav Jung, 심리학자

193

사람들은 스트레스를 받을 때 그들의 어두운 면이 새어 나온다. 스위스 심리학자 칼 융은 이것을 '**그림자**'라고 불렀다. 그림자는 사람들이 자신에 관해 부정하고 억누르는 모든 면이다.

그래서 그림자는 무의식 속에 활동한다. 융은 그림자의 억압 수준, 숫자에 따라 그 짙기가 다르다고 말했다.

그림자를 완벽히 감출 수 있는 사람은 없다

우리는 늘 타인을 신경 쓰며 지내게 된다. 늘 밝아 보이려 하고, 선해 보이고 싶어 한다. 하지만 내면의 어둠을 감추려면 에너지가 필요하다.

이 가면 자체가 나쁜 것은 아니지만, 늘 착하고 자신 있는 가면을 쓰는 것은 몹시 지치는 일이다. 그래서 그림자는 내부의 긴장을 좀 풀고 되살아나고 싶어 한다.

우리는 남들이 그렇게 긴장을 푸는 순간을 알아채고, 그것을 해석하는 데 능해지면 타인을 더 깊이 공감할 수 있게 된다.

그림자의 신호를 찾는 방법

신호 1. 모순된 행동

가장 많은 것을 말해주는 신호. 터프한 척하던 사람이 갑자기 히스테리를 부린다. 이런 행동은 그림자의 직접적 표현이다.

신호 2. 감정적 폭발

이때, 상대가 한 말을 액면 그대로 생각하라. 어린 시절 불안이 어쩌다 활성화되어 무시당할까 봐 털을 바짝 세운 상태일 수 있다.

방법 3. 격렬한 부정

프로이트에 따르면 무의식 속, 뭔가 불편한 것이 의식의 수준으로 올라올 방법은 '적극적 부정'뿐이다. 이런 부정은 그림자에 대한 긍정적 표현이라고 재해석해야 한다.

자신의 그림자를 관찰하는 방법

그림자를 보는 가장 좋은 출발점은 간접적 신호를 찾는 것이다. 예를 들어, 내 안에 특별히 강한 특징이 없는지 찾아보자. 겉모습과 정반대의 특징이 깊숙이 묻혀 있다고 보고, 거기서 그런 특징이 더 있는지 신호를 찾아봐야 한다.

내가 감정적으로 폭발하거나 지독하게 예민해지는 순간을 살펴보라. 분명 누군가 혹은 무언가 나를 건드렸을 것이다. 특정 비난에 예민한 건 깊은 불안으로 어떤 그림자가 동요한단 뜻이다. 그것을 밖으로 끄집어내서 분석해라.

그림자를 이롭게 받아들여라 | 링컨

"얼굴이 둘이라면 이 못난 얼굴로 다니겠소?"

에이브러햄 링컨^{Abraham Lincoln}, 전 미국의 대통령

자신의 그림자를 마주 보는 것은 아주 괴로운 일이지만, 우리는 그걸 수용해야 한다. 그뿐만 아니라 그걸 지금 인격에 통합해야 한다. 그런 과정이 굉장히 어렵겠지만, 에이브러햄 링컨은 그걸 해냈다. 그는 자신을 분석하는 것을 좋아했다.

그의 성찰에 대두된 테마는 자신이 분열된 인격을 갖고 있다는 것이었다. 그는 지독할 만큼 야심이 컸으나 한편으로 예민해서 자주 우울했다. 하지만 그는 내면의 어둠을 자신에 대한 건강한 유머로 흡수해서, 상반된 특징을 공개적 페르소나에 통합했다. 그 결과 진정성 있는 인상을 얻을 수 있었다.

그림자 속 직관을 받아들여라 | 팀 버튼

"나는 '정상적'이라는 단어가 항상 두렵다. '정상적'이란 말은 어떤 면에서 굉장히 선동적이고 두려운 단어기 때문이다."

팀 버튼[Tim Burton], 작가

당신의 가장 어두운 충동들 속을 탐구해보자. 심지어 범죄가 될 수 있는 것이라도 좋다. 대표적인 예가 팀 버튼 감독이다. 그는 어려서부터 자주 우울하고 공상이 많은 소년이었다. 하지만 그는 그런 충동을 작업 속에 표출했다.

그는 남들의 눈에 이상하게 보일지 모르는 내면의 어둠을 자신만의 스토리텔링으로 매력적으로 풀었다. 그것을 감추지 않고 드러낸 결과, 세계에서 손꼽히는 성공한 작가이자 영화감독이 될 수 있었다.

그림자를 감추지 말고 드러내라 | 잡스

"당신이 틀렸소. 과거 애플컴퓨터를 무시했던 발언을 취소하시오."

스티브 잡스[Steve Jobs], 사업가

자기 분야에 성공한 사람들을 보라. 그들 대부분 코드에 덜 얽매인다.

스티브 잡스가 그 전형적 사례다. 그는 사악한 면이 있었다. 하지만 그의 어두운 면은 그의 능력 및 창의력과 불가분으로 얽혔다. 거칠더라도 자기 길을 갈 수 있었던 그 능력이 그의 성공 핵심 요소다. 의식적으로 그림자를 숨기는 것보다 친절할 때 치르는 대가가 더 크단 걸 기억하자. 거기에 소모되는 에너지를 창작의 힘으로 돌려라.

그림자를 풀어주는 방법

방법 1. 그림자를 드러내려면 남의 의견보다 본인 의견을 존중해라

여러분이 푹 빠진 영역에 한해서란 말이다. 당신의 숨은 천재성을 신뢰하라.

방법 2. 일상생활에 당신 의견을 더 단호하게 주장하고 타협은 적게 하여라

단, 적절할 때 과하지 않아야 한다.

방법 3. 남들이 당신을 어떻게 생각하는지 신경 쓰는 것을 줄여라

엄청난 해방감이 느껴질 것이다. 우리는 다른 사람의 신경을 덜 쓰고 독립된 인격체로 살아갈 수 있다. 그러려면 미움받을 수 있는 용기가 필요하다.

방법 4. 부당하게 당신을 비난하면 때로는 그들의 감정을 상처 내라

부당한 순간에 당신의 그림자를 끌어내고 당당하게 보여줘라. 해리포터가 볼드모트의 어둠을 견딜 수 있었던 이유는 그 자신이 볼드모트의 한 부분을 갖고 있었기 때문이다.

방법 5. 남들이 곧이곧대로 따르는 관습들을 무시하라

남들이 하라는 대로만 살면 무언가 큰 성과를 이루기 어렵다. 대부분 사람이 성공을 이뤄내지 못하는 이유는 그들이 '저항'하지 않고 '순응'하기 때문이다.

TIP & POINT ────────────────────────────────

① 어둠을 몸에 쌓으면 독이 된다. 어떠한 방식으로든 이걸 표출해야 하는데, 그걸 긍정적으로 할 수 있는 방법의 하나가 창작이다.

② 내면의 그림자를 활용한 위인들은 다음과 같이 행동했다.

· 링컨: 콤플렉스를 수용하고 이를 건강한 유머로 풀어냈다.

· 팀 버튼: 내면의 기이하고 어두운 충동을 창작으로 풀어냈다.

· 스티브 잡스: 내면의 어둠을 감추는데 에너지를 쓰지 않고 그대로 드러냈다. 그는 오로지 그 힘을 창의적인 일을 하는데 쏟았다.

③ 그림자를 풀어내는 습관을 쌓는 요령은 다음과 같다.

· 특정 영역에 한해 남의 의견보다 본인의 의견을 존중한다.

· 당신 의견을 단호하게 하고 타협을 적게 하는 습관을 들인다.

· 남들의 시선을 의식하는 것을 멈춘다.

· 때로는 부당한 순간을 당했을 때, 그들의 감정에 상처를 낼 수 있어야 한다.

· 관습을 곧이곧대로 받아들이지 마라.

────────────────────────────────

⑦

지긋지긋한 평범함을
벗어나는 방법

이미 있는 걸 할 거면 왜 만드는가?

"이미 있는 걸 할 거면 왜 만들어요?"

봉준호 감독이 감독을 꿈꾸는 대학생들과 인터뷰에서 한 대답이다. 장르적 관습을 파괴하고, '봉준호'라는 하나의 장르를 만들었다고 평가받는 감독의 생각답다. 나는 그의 이런 태도가 독창적 예술 구축에 도움 되었다고 생각한다.

그렇다면 **독창성**이 필요한 이유가 무엇일까? 우리는 독창성에 대해 귀히 여기면서도 왜 중요한지는 잘 생각해보지 않는다. 다시 한번 생각해보자. 왜 독창성이 필요할까?

아마 남들과 다르기 위해서가 가장 큰 이유일 것이다. '다르다'는 이유만으로 꼭 필요한 사람이 되는 건 아니지만, 다를 것이 없다면, 수많은 사람 중 한 명에 지나지 않기 때문이다. 하지만 어떻게 이 지긋지긋한 평범함에서 벗어날 수 있을까?

'보는 것'과 '지각하는 것'은 다르다

'본다'는 것은 엄밀하게, 해석이 없는 날 것의 상태를 의미한다.

반대로 **'지각한다'**는 것은 해석이 되고, 범주화가 된 상태를 말한다. 그러면 우리는 무언가를 볼 때, 사물을 '보는 것'일까? 아니면 '지각하는 것'일까?

그 답을 말하자면 우리는 사물을 지각한다. 사물을 있는 그대로 보는 것이 아니라, 두뇌가 해석한 이미지를 보는 것이다. 이걸 왜 알아야 할까? 왜냐하면 지각으로 발생하는 두뇌의 범주화를 깨야 평범함에서 비로소 벗어날 수 있기 때문이다.

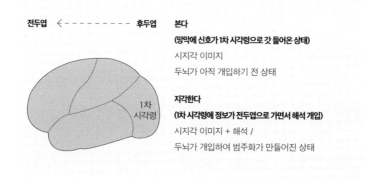

전두엽 ←-------- 후두엽

본다
(망막에 신호가 1차 시각령으로 갓 들어온 상태)
시지각 이미지
두뇌가 아직 개입하기 전 상태

지각한다
(1차 시각령에 정보가 전두엽으로 가면서 해석 개입)
시지각 이미지 + 해석 /
두뇌가 개입하여 범주화가 만들어진 상태

《상식파괴자》참고

인간이 사물 지각을 하는 두 가지 방식

지각에는 두 가지 종류가 있다. 일상적 지각과 그렇지 않은 지각이다. 전자는 범주화를 통한 지각이고 후자는 범주화의 힘을 빌리지 않는다.

쉽게 말하자면, 일상적 지각은 우리가 매일 보던 걸 또 볼 때 일어난다. 예를 들면, 책상에 있는 지구본을 본다고 하자. 지구본의 자리를 매일 바꾸지 않는 이상 지구본을 보고 별생각이 안 들 것이다. 이런 게 일상적인 지각이다. 이 상태에서는 별생각을 안 하면서 사물을 보고, 따라서 두뇌의 에너지 소모가 적다.

반대로 일반적이지 않은 지각은 익숙하지 않은 것을 볼 때 일어난다. 예를 들면, 달에 가서 지구를 본다고 하자. 이때, 집에서 매일 보던 것들을 볼 때와 똑같이 사물을 볼까? 아닐 것이다.

지구의 푸른빛과 거대함, 그리고 생생한 별빛에 압도되어 세세하게 관찰을 시작할 것이다. 우리는 이런 상태에 놓여있을 때 두뇌의 에너지를 많이 소모해서라도 더 의식적으로 관찰하게 된다.

이러한 일상적이지 않은 지각으로 당신은 지구를 예전과 같은 모습으로 바라보지 않게 되었다. 이전과 다른 방식으로 지구를 바라볼 수 있게 된 것이다.

범주화를 갱신하지 않는 것의 위험성

상상과 지각은 똑같은 신경회로를 이용하여 나온다. 지각은 한 개인이 나누어놓은 범주들에 제약을 받는데, 이는 경험을 통한 것이고, 지각과 상상 모두에 영향을 미친다.

다시 말하자면, 우리는 한 개인이 경험한 것들로만 사물을 바라보는 경향이 있다. 이 경험을 토대로 사물을 관찰하기 때문에, 우리는 본 적 없는 걸 상상하기 어렵다.

따라서 평범함을 깨려면 기존에 뻔한 선입견을 벗어던지고, 두뇌에 새로운 경험을 퍼부어야 한다.

두뇌에 효율적인 건 상상에 치명적이다

잠시 눈을 감고 바람 부는 언덕을 떠올려보자. 대부분 사람은 거의 똑같은 들판을 상상한다. 이런 종류의 시각화 작업은 상상력이 현저히 결핍될 수밖에 없다. 두뇌는 그런 상상을 처리하는데, 효율성을 추구하기 때문이다.

하지만 화성에서의 언덕을 상상한다면? 이 경우엔 뇌가 정신적 에너지를 많이 소비하더라도, 새로운 방식으로 상상하게 된다. 왜냐하면, 상상에 기존에 뻔했던 범주화를 집어넣지 않게 되면서, 다른 방식으로 사고하기 때문이다.

이처럼 독창적인 아티스트가 되기 위해서는 의식적으로 쉬운 방법으로 생각하는 것을 멀리해야 한다. 이 말은 창작이 쉽지 않고 괴롭다면, 오히려 반길 일이라는 말도 된다. 왜냐하면, 당신이 기존에 하던 방식으로 생각하지 않고 있단 증거가 되기 때문이다. 이런 습관이 당신을 독창적 아티스트로 만들어준다.

범주화를 극복한 아티스트들

두뇌는 지나치게 효율적이라 전에 본 적 없는 자극을 대면할 때, 새로이 지각을 구성하기 시작한다.

이 재구성은 마음의 눈 안에 갇혀 있던 내적 이미지들에 영향 미친다. 이런 특별한 경험이 아티스트를 독창적으로 만들기도 하고, 독특한 아티스트들은 이런 경험을 일부러 만들기도 한다.

몇 가지 예를 들자면, 엔터테인먼트 업계에 혁신가 중 한 명인 월트 디즈니가 있다. 그가 만화 영화를 만들려고 시작했을 무렵에는, 만화가 영화 시작 전에 광고로 잠시 틀어졌을 뿐이었다. 하지만 그는 영화 기술을 접하면서 장편 만화의 가능성을 상상하게 되었다.

또 다른 예로는 쿠사마 야오이가 있다. 그녀는 빨간 꽃무늬 식탁보를 오래 본 뒤, 눈에 남은 잔상이 온 집안에 보인 경험을 한 적이 있다. 이 경험을 토대로 그녀는 평생에 걸쳐서 하는 작업의 소재를 얻게 되었다.

조각가 스타니슬라프 슈칼스키는 앞선 경우와 다르다. 그는 자신이 새로운 경험을 직접 만들었다. 그는 사랑하는 그의 아버지가 사고로 사망한 후, 아버지의 시신을 해부한 경험이 있다. 그 경험은 그에게 잊지 못할 기억이었고, 그가 독특한 해부학적 예술을 구축하는 데 도움이 되었다.

우리는 범주화에 신중해야 한다

상상에 갇히지 않으려면 경험해본 적 없는 환경을 찾아야 한다. 그런 환경은 자신의 전공과 관계가 없을 수도 있다. 상관없다. 똑같은 두뇌 시스템들이 지각과 상상을 모두 관장하는 이상 서로 영향을 끼치는 부분이 있을 테니까.

새로운 경험이 상상력 해방에 왜 그렇게 효과적인지 알면, 진정 표적으로 삼아야 할 것은 범주화다. 두뇌는 범주화를 통해 지름길을 택하는 경향이 있기 때문에, 독창적 아티스트들은 범주를 이용하는 데 있어 매우 신중하다.

상상의 무덤인 범주화에 끝없이 대적하라

다행히도 지각과 상상을 모두 지배하는 네트워크는 새로 짤 수 있다. 전두피질은 시각 경로의 신경 네트워크를 재구성할 수 있고, 주의력을 다르게 배치하는 것만으로 전에 보지 못한 것을 볼 수 있다. 새로운 경험일수록 새로운 고찰이 탄생할 가능성은 더 커진다.

범주화와 싸우는 효과적 전략은 범주들과 직접 대적하는 것이다. 그러니 바보 같아 보이는 것도 적어내는 자유를 가지자. 우리는 생각하는 대로만 생각하는 경향이 있다. 이러한 두뇌의 작용에 의식적으로 맞설 때 한계를 넘을 수 있을 것이다.

그러니 독창성을 얻으려면 두뇌를 깨고 끝없이 갱신하는 습관을 지녀야 한다. 그러다 보면 어느새 독창적 아티스트가 될 것이다.

TIP & POINT ———————————————————

① 우리는 사물을 '보는 것'이 아니라 '지각'한다. 있는 그대로 보는 것이 아니라, 사물에 해석을 집어넣은 이미지를 본다.

② 평소에 보던 대로 보는 습관을 버리면, 두뇌에 새로운 범주화가 이루어진다.

③ 독창적 아티스트들은 일상적 지각을 깨려고 노력하는 사람들이다. 일상적 지각을 경계하고 일반적인 범주화를 깨려고 노력해야 한다.

⑧

재능 없는 사람은 모르는
영감의 원칙

영감은 대체 어디서 만들어지는 걸까?

인스타그램 계정을 통해 작업에 관한 질문을 받았는데, 사람들이 영감에 관해 가장 많이 궁금해한다는 것을 발견했다.도대체 영감은 어디서 나오는 걸까? 답이 있기는 한 걸까?

하지만, 사실 영감에 관해선 이미 밝혀진 부분이 많다. 방사선 없이 인간의 뇌를 관찰하는 게 가능해지면서, 영감에 관해서도 어느 정도 답이 나온 상황이기 때문이다. 지금부터 그 자료를 여러분과 공유하려고 한다. 이 글에 끝에서 영감을 어떻게 쌓고, 활용할지 알게 될 것이다.

영감의 열쇠는 우뇌에 숨겨져 있다

아하! 순간: '천재의 번갯불처럼 아이디어가 번뜩이며 떠오르는 순간'

우리가 흔히 말하는 영감은 '아하! 순간'을 말한다. 이 순간은 우뇌의 작용으로 인해 아이디어가 떠오르는 순간이다. 좌뇌는 논리적이지만, 우뇌는 좀 더 비유적이고 연상적이다.

즉, 우리는 복잡한 문제는 좌뇌로 풀고, 개그를 볼 때 우뇌를 쓴다.

개그는 듣는 순간 이해가 되기 때문이다. 영감도 이렇다. 번뜩! 그렇다면 이 아하! 순간은 어떻게 분류할 수 있을까?

우리가 영감이라고 생각하는 순간들

• **샤워 순간:** 우뇌가 답을 알아도, 좌뇌가 일할 땐 그 답을 밀어낸다. 샤워할 때처럼, 좌뇌가 잠시 쉴 때 우뇌는 번뜩 답을 떠올린다.

• **조합:** 우뇌는 박지성이다. 우리가 쉴 때도, 이리저리 뛰며 머릿속 정보를 엮고 답을 찾는다. 그 과정이 끝나면 번뜩 떠오르는 것이다.

• **계기:** 예를 들면, 영감이라는 단어가 안 떠올랐을 때, 옆에 노인을 보고 영감을 떠올리는 것과 같다. 이때는 환경이 계기가 된다.

누구나 이런 경험이 있을 것이다. 모두가 우뇌를 갖고 있기 때문이다. 그렇다면 우뇌에서 영감을 뽑아내려면 어떻게 해야 할까?

영감을 얻을 수 있는 법칙

20% 법칙: '깨어있는 시간의 20%를 자신의 창작 분야에 의도적으로 소비한다'

《책은 도끼다》의 광고인 박웅현은 보는 것의 중요성을 역설했다. 보는 게 책이든, 영화든 영양가 있는 것을 소비해야 한다는 것이다. 이 말에 영감을 얻는 힌트가 있다.

하루 깨어있는 시간의 20%를 창작 분야에 의도적으로 소비하라. 그러면 여러분은 천재들만이 가질 수 있는 특별한 눈을 갖게 된다.

천재들의 눈 | 문화적 인식 능력

문화적 인식 능력: '친숙한 것, 좋은 것, 진부한 것을 실시간으로 파악하는 문화적 인식 능력'

모든 천재는 그 문화를 방대하게 소비한 시기가 있다. 봉준호 감독은 미술 감독인 아버지의 영향으로 어렸을 적부터 영화 잡지를 보기 시작했다. 문화적 인식을 기르기 충분한 시간이었다.

이 기간을 통해 그는 진부함과 새로움을 구별하는 눈을 갖게 된다. 그렇다면 이 눈이 왜 중요할까?

천재는 어그로를 끌 포인트를 볼 줄 안다

회피 반사 신경: '책이든 TV든 무엇인가 새로운 걸 보면, 낯선 것에 두려움을 느끼는 본능'

사람들은 너무 새로운 건 싫어한다. 반대로 너무 친숙하면 지루해한다. 인간의 어쩔 수 없는 본능이다. 그렇다면 어떻게 해야 할까? 간단하다. 친숙한 것에다 적당히 새로운 걸 덧붙이면 된다.

천재들은 바로 이 점을 이용한다. 그들은 문화적인 눈을 갖고 있어 대중의 반응을 예상하며, 이들의 관심을 끌어올 줄 알기 때문이다.

당신의 영감을 때려 박을 지점

그렇다면 당신이 정확하게 노려야 할 **꿀자리(스위트 스폿)**는 어딜까?

그곳은 색다름의 보상이 회피 반사 기능을 능가하는 지점이다. 당신이 아무리 천재적인 영감을 숙성 시켜 냈다고 하더라도, 대중에게 인정받지 못한다면 말짱 도루묵인 것이다.

창의성? 결국 리믹스일 뿐이다

폴 매카트니는 'yesterday'의 선율을 꿈속에서 떠올렸다. 사람들은 이 노래가 그가 눈을 뜨자마자 쓴 곡을 바로 낸 줄 안다. 하지만 그 당시 선율은 완성과 멀었고, 이후 20개월 더 다듬어졌다. 그가 얼마나 강박적이었는지, 친구들은 그만 좀 연주하라고 소리쳤다.

후에 비틀스 전문가에 의해 이 노래가 'Georgia on my mind'의 코드 진행과 베이스라인도 그대로 따랐다는 게 밝혀졌다. 결국, 이 노래는 매카트니의 머릿속 저장된 노래의 인출 결과였다. 하지만 그는 이를 리믹스하여 새로움을 덧붙일 줄 알았다.

아무것도 모르면 결코 통찰력을 가질 수 없다

"오랫동안 '나'에게 들었던 모든 걸 넣습니다. 그러다 어느 날, 괜찮은 걸 출력해내는 겁니다."

폴 매카트니^{Paul McCartney}, 싱어송라이터

우리는 흔히 영감을 재능의 영역으로 오해하곤 한다. 그것이 번뜩이며 머리에 떠오르는 속성이 있기 때문이다. 하지만 영감은 오히려 노력으로 평소에 뇌에 숙성시킨 자료의 결과다.

이를 새롭게 리믹스하여 세상에 내놓는 연습을 반복하자. 그러다 보면 어느새 능력을 갖추게 될 것이다. 영감은 만들어진다.

TIP & POINT ———————————————————

① 우리가 흔히 말하는 영감은 '아하! 순간'을 말한다. 이 순간은 우뇌의 작용으로 아이디어가 번뜩이는 순간이다.

② 우뇌는 겉으로 달라 보여도 기본적으로 공통점을 가진 개념들 사이의 연관성을 찾아 문제를 해결한다.

③ 하루 깨어 있는 시간의 20%를 창작 분야에 의도적으로 소비하면, 특별한 문화적 인식 능력을 갖추게 된다.

④ '문화적 인식 능력'이 중요한 이유는 대중의 반응을 예상하여 관심을 끌어올 수 있기 때문이다.

⑤ 이러한 능력을 갖추게 되면 대중이 지루함을 느끼지 않으면서도 색다름을 느끼게 만들 수 있다.

⑥ 우리가 흔히 말하는 '영감'은 사실 재능의 영역이라기보다는, 오래도록 숙성시킨 사료의 결과다.

⑨

인간의 사고를 방해하는
대표적인 편향

사람이 바뀌는 게 힘이 드는 이유

흔히 사람들은 감정과 이성이 분리되었다는 플라톤식 사고를 지지한다. 하지만 최근 발표된 뇌과학 자료들을 보면 이는 사실이 아닌 것이 입증되었다.

1995년 뇌 연구 분야의 대표적 인물인 미국 신경생물학자 안토니오 다마지오와 조셉 르두는 뇌 손상 환자를 검사했다. 그 과정에서 감정 중추가 크게 다친 환자는 이성적 결정도 하지 못한다는 게 밝혀졌다. 감정과 이성은 분리된 게 아니라 연결되어있다는 사실이 밝혀진 셈이다.

그런데 진짜 문제는 이 감정이 우리 눈에 보이지 않고, 판단에 영향을 끼치는 순간에서조차도 우리가 인식조차 못 한다는 것이다. 그래서 감정은 언제나 자신의 자존심을 지켜주는 쪽으로 생각의 방향을 튼다. 이미 믿기로 마음먹은 것을 그대로 재확인할 증거를 찾아 기분이 좋아지기 위해서다.

이게 인간에게 사고의 **'편향'**이 발생하는 이유다. 인간이기에 공통으로 발생하는 '편향'이 있다는 걸 알게 되면, 잘못된 판단을 내릴 확률이 줄어든다.

컨설팅 회사 매킨지에서 1,000건 이상의 경영 투자 결정을 조사한 결과, 회사가 의사결정 과정에 나타나는 편향을 줄이기 위해 노력한 경우 수익이 7% 이상 증가한 것으로 나타났다. 이처럼 편향을 인지하고 줄이도록 노력하면 실질적인 혜택을 갖고 올 수 있다. 다음은 인간에게 나타나는 대표적 편향 몇 가지를 소개한다.

인간 사고 편향의 이유 | 사고 과정의 쾌락 원칙

사고 과정의 쾌락 원칙: '나는 현실적인 사람이야'

우리는 생각하기 쉬운 쪽으로 생각하는 경향이 있다. 어려운 것보다 쉬운 일이 우리에게 좋은 감정을 불러일으킨다. 또, 사실을 객관적으로 보기보다 편한 쪽으로 생각하는 게 마음도 편하다.

우리의 사고는 이 욕망을 중심으로 돌아간다고 해도 과언이 아니다. 실제 우리가 고수하는 생각들은 대부분 나의 긴장을 이완시켜주거나 자존심을 세워주거나 우월감을 느끼게 해준다. 이러한 편향은 인간의 사고에 숨겨진 족쇄와 같다. 더 좋은 결과를 가져올 선택을 감정에 휩쓸려 올바르게 판단하지 못하기 때문이다. 지금부터 크리에이터로서의 우리가 깨부숴야 할 족쇄에 관해 알아보자.

인간의 편향 1 | 확증편향

확증 편향: '나는 증거를 살펴보고 이성적 의사결정을 내려'

'이보다 더 객관적이고 과학적 생각이 어딨겠어?' 우리는 쾌락 원칙이 무의식에 영향을 미치기 때문에 어떻게든 '믿고 싶은' 것을 재확인시켜줄 증거를 찾는다. 즉, 이 편향이 나타나게 되면 우리는 마음속으로 이미 답은 정해 놓고 그것을 보강할 증거를 찾게 된다.

자기 생각이 무조건 옳다고 받아들여서는 안 된다. 오히려 회의적으로 자신을 부정하는 습관이 배야 한다. 왜냐하면 우리가 추구해야 할 것은 '진실'이지, 자신의 자아를 보호할 '증거'를 찾는 것이 아니기 때문이다.

인간의 편향 2 | 확신 편향

확신 편향: '내가 이토록 확신한다면 틀림없는 사실인 거야'

마치 내 생각을 방어하기 위해 이 정도 에너지를 낼 수 있다면, 절대 거짓일 수 없다고 스스로 타이른다.

우리가 이렇게 생각하게 되는 이유는, 사실이 아니면 우리의 노력이 수포가 되기 때문이다. 자아는 어떻게 해서든 자신을 보호할 지름길을 찾는다. 자신에게 확신을 하는 것은 좋은 일이지만, 자신이 틀릴 수도 있음을 인정하는 자세가 필요하다.

자신에게 확신하면서도 틀릴 수도 있음을 인정하는 것.

역설적이지만 이러한 태도가 편향을 극복할 수 있게 해준다.

인간의 편향 3 | 집단 편향

집단 편향: '내가 가진 생각은 내 생각이야. 나는 무조건 동조하는 사람이 아니야.'

우리는 태생적으로 사회적 동물이기 때문에 무의식적으로 동조하려는 경향이 있다. 고립되었다는 느낌은 사람을 우울하게 하고 겁먹게 만들기 때문이다. 대다수가 A라고 말하는데 B라고 말하는 것은 심리적으로 위축될만한 상황이다.

하지만, 자신의 정체성을 유지하기 위해선 이러한 편향을 인식하고 저항할 수 있어야 한다. 자신의 사고가 나도 모르게 사회가 인정하는 가치 쪽으로 기울진 않은가 의심해 보아야 한다. 중요한 건 남들의 말이 아닌 자신에게 중요한 가치를 추구하는 것이다.

인간의 편향 4 | 탓하기 편향

탓하기 편향: '나는 내 경험과 실수에서 배워'

우리는 실패에서 교훈을 배워 같은 경험을 되풀이하지 않기를 바란다. 그럴 때 자연스러운 반응은 남 탓을 하는 것이다. 자신의 실수를 마주 보는 건 큰 고통이기 때문에 겉핥기로 반성하고 변명할 거리를 찾는다.

그러다 우리는 자신의 탓이라고 생각했던 작은 부분마저 잊는다. 그러면 덜 고통스럽기 때문이다. 하지만 이게 옳은 해결책일까? 이 과정이 반복된다면 또 같은 실수를 반복하고, 죽는 날까지 같은 패턴이 계속된다. 우리는 이 패턴을 인식하고 깨야 한다.

이 편향을 극복하기 위해선 자기 일에 책임감을 느끼고 자신의 잘못을 인정해야 한다. 괴롭겠지만 남 탓을 하려는 욕망을 억누르고, 자신의 탓으로 돌리면 이제껏 해왔던 행동의 패턴을 깰 수 있다. 그때부터 변화가 시작될 것이다.

인간의 편향 5 | 우월성 편향

우월성 편향: '나는 달라. 나는 남보다 더 이성적이고 윤리적이야'

다른 사람에게 대놓고 자신이 우월하다고 말하는 사람은 없다. 거만해 보이기 때문이다. 그러나 많은 연구에 자신을 남과 비교하라면 이와 비슷한 표현을 한다. 자신의 실수는 티끌만 하게 보이는데, 타인의 실수는 거대한 바위만큼 보이는 것이다.

이 편향을 극복하기 위해선 의식적으로 반대로 생각해야 한다. 자신의 잘못을 바위만큼 보고 타인의 잘못을 티끌처럼 봐야 한다. 그러면 인지의 편향을 극복할 확률이 높아질 것이다.

편향을 극복하기 위한 태도

그렇다면 이러한 편향을 극복하기 위해 어떠한 태도를 보여야 할까? 다음은 인간 본성의 법칙에 관한 통찰로 저명한 작가 로버트 그린이 편향을 극복하기 위해 추천해 준 여러 방법이다.

태도 1. 자신을 철저히 이해하라

스트레스 상황에 내가 어떻게 행동하는지 되짚어보아야 한다. 그럴 때 드러나는 내 약점은? 이런 상황에 내가 항상 어떤 모습이 되는지 그 패턴을 파악해야 한다.

태도 2. 감정을 뿌리 끝까지 확인하라

이때 위험한 것은 자존심이다. 무의식적으로 당신에 대한 환상을 유지하려고 하기 때문이다. '방어기제'라고 불리는 이러한 철갑을 깨고, 사실을 객관적으로 보려 노력해야 한다.

태도 3. 사람을 하나의 자연현상으로 보라

사람을 가치판단의 여지가 없는 희귀한 광물로 보라. 과학자처럼 자신이나 타인을 관찰해야 한다. 그리고 사람을 바꾸려 들지 마라. 그들도 나름의 논리가 있는 것인데 그 방식이 비이성적일 뿐이다.

① 사람은 감정과 이성이 분리되었다고 생각하지만, 그 반대다. 감정과 이성은 분리되지 않고, 연결되어있다.

② 인간은 생각하기 쉽거나 좋은 감정을 불러일으키는 쪽으로 생각하는 경향이 있다. 우리의 사고는 이러한 욕망을 중심으로 돌아간다고 해도 과언이 아니다.

③ 인간이 극복해야 할 대표적 편향은 다음과 같다.

· 확증 편향: '나는 증거를 보고 이성적 결정을 내려'

· 확신 편향: '내가 이토록 확신한다면 틀림없는 사실인 거야'

· 집단 편향: '내가 가진 생각은 내 생각이야. 나는 무조건 동조하는
사람이 아니야.'

· 탓하기 편향: '나는 내 경험과 실수에서 배워'

· 우월성 편향: '나는 달라. 나는 남보다 더 이성적이고 윤리적이야'

모든 인간에게
공통적으로 작용하는 법칙

심리학을 아는 자와 모르는 자의 차이

인간의 마음에 공통으로 작용하는 법칙이 있다면 얼마나 좋을까? 그리고 그 법칙을 상대는 모르고 나만 알고 있다면? 만약 그게 가능하다면, 우리는 팔고자 하는 물건을 쉽게 팔거나, 계약 조건을 유리하게 따낼 수 있을 것이다.

놀랍게도 이런 인간의 마음에 공통으로 작용하는 법칙을 연구해서 책으로 내놓은 심리학자가 있다. 《설득의 심리학》의 저자 로버트 치알디니다. 안타깝게도 그의 책이 베스트셀러가 돼버려 너무 많은 사람이 이 법칙을 알게 되었지만, 그래도 그의 지식은 여전히 유용하다.

왜냐하면 이 법칙을 먼저 이해하면 다른 심리학과 마케팅 책을 이해하기 훨씬 수월해지기 때문이다. 이번 장에선 이런 **인간 심리의 공통적인 법칙**에 관해서 알아보자.

인간에게 공통적인 법칙이 존재하는 이유

유발기제: '자기방어를 활성화 시키는, 침입자의 특정 행동'

쉽게 말해, 유발기제는 사람을 자동문으로 만드는 것이다. 자동문을 작동시키려면 센서에 다가가면 된다. 유발기제는 이 센서에 다가가는 것처럼, 사람의 마음을 쉽게 열기 위해 하는 특정 행동을 의미한다.

예를 들면, 수컷 참새는 자기 영역 안에 다른 수컷 참새의 빨간 가슴 털을 보면 맹렬히 공격하는 습성이 있다. 이 빨간 색 털은 수컷 참새의 유발기제다. 수컷 참새는 자신이 본 것이 참새가 아닌 진흙일지라도, 빨간 가슴 털만 보면 미친 듯 공격한다. 마치, '열려라, 참깨'와 같은 비밀코드가 특정 행동을 유발하는 것이다.

놀랍게도, 참새만 이런 자동문 코드를 가진 것이 아니다. 인간도 이런 프로그램화된 암호를 뇌 속에 갖고 있다. 즉, 이 암호만 알면, 인간의 마음은 자동문이 되어 열리게 된다. 따라서 여러분이 해야 할 건 다음과 같다. 설득하려는 대상을 고른 후, 나직이 이 비밀코드를 읊조리면 된다. '열려라, 참깨'

인간은 일관성을 유지하려는 욕구가 있다

일관성의 법칙: '사람들은 어떤 견해를 밝히게 되면, 결정된 입장에 맞춰서 행동하게 된다'

쉽게 말해, 우리가 어떤 태도를 보이면, 이를 유지하려는 일종의 심리적 부담이 작용한다. 이 말은, 무엇이 좋다는 견해를 밝혔으면, 안 좋다고 말하기 굉장히 어려워진다는 소리다.

이 법칙은 단순해 보이지만, 위력이 상당하다. 중공군은 미군을 자기편으로 끌어들이기 위해 이 법칙을 사용하기도 했다. 그들은 미군 포로들에게 '왜 미국이 완벽하지 않은지'에 대한 간단한 작문을 요청했다.

이런 간단한 요구를 포로들이 승낙하면, 추후 토론 시간에 작성한 작문을 직접 공개시켰다. 그러면 그들은 일관성의 법칙에 따라, 태도를 바꾸는 것에 관해 상당한 심리적 부담을 느끼게 된다. 설령, 이게 시켜서 한 일이라는 것을 알아도 과정 중, 어떠한 압력도 없었기에 포로는 스스로 달라졌다 믿게 된다.

이처럼, 이런 자동문 기제를 알고 모르느냐의 차이는 어마 무시하다. 오늘날 우리는 전쟁 포로가 될 위협은 없지만, 그 형태만 바뀌었을 뿐이다. 오늘날의 브랜드는 이 원칙을 마케팅에 활용한다.

하지만 너무 걱정하지 마라. 이런 자동문 기제에 관해 알아 둔다면, 마케팅에 저항하는 일종의 방패를 갖추게 된 셈이다. 또 이를 자신의 브랜드를 위해 활용할 수도 있게 된다.

인간은 빚지는 것을 싫어한다

상호성의 법칙: '우리는 다른 사람이 베푼 호의를 그대로 갚아야 한다는 강박에 시달린다'

인간은 태생적으로 빚지는 걸 싫어하게 느끼도록 조건화된다. 누군가에게 받으면 그대로 갚고 싶어 하는 마음이 드는 것이 인간이다. 문화 인류학자인 타이거와 폭스는 그들의 저서에서, 이를 **'보은의 망(web of indebtedness)'**에 빗대어 표현했다. 인간에 내재한 이런 심리기제 덕분에 다양한 재화와 서비스를 상호교환하여 각 분야의 전문가가 탄생했으며, 각 개인의 상호의존성을 창출해 마침내 인간 사회를 이루어 낸 것이다.

오늘날 마케팅은 이 점을 이용하여 '공짜 샘플' 나눠 주기도 한다. 왜 슈퍼마켓에서 공짜 시식을 한다고 생각하는가? 그것이 판매에 도움이 되어서다. 슈퍼마켓 판매원의 얼굴 앞에 이쑤시개만을 달랑 남겨둔 채 유유히 가는 것은 생각보다 쉽지 않다. 인간의 심리에 일종의 부담을 심어 넣어 제품 구매까지 이어지게 하기 위해서다. 마찬가지로, 소셜마케팅으로 무료로 질 좋은 콘텐츠를 제공해주는 것도 같은 원리로 볼 수 있다.

인간은 타인을 보고 판단 내린다

사회적 증거의 법칙: '우리는 다른 사람의 행동에 따라 어떤 행동이 옳은 것인가 결정한다'

일반적으로 다른 사람의 행동을 따라 하는 것은 매우 유용하다. 사회적 증거에 따라 행동하면, 실수할 확률이 줄어들기 때문이다. 하지만 이런 생각의 지름길은 쉽게 이용될 확률도 증가시킨다.

대표적인 예가 TV 속 가짜 웃음소리다. 이 가짜웃음이 일종의 사회적 증거로 작용한다. 우리는 타인이 언제 웃는가에 익숙해져, 유머의 질이 아닌 이 웃음 타이밍에 맞춰서 반응하게 된다. 이 효과가 얼마나 대단했던지 1830년대 이탈리아에서는, 오페라 극장 경영자에게 '박수'를 파는 전문 '박수꾼'까지 있을 정도였다. 몇몇 '박수꾼'들이 환호를 보내면 나머지 청중들이 열화와 같은 반응을 유도하였기 때문이다.

이 법칙을 활용하는 예로는 인플루언서 마케팅이 있다. 나머지 집단에 영향력을 끼치는 선도주자 그룹을 파악해 이들의 마음을 사로잡으면, 대중들은 따라오게 되어있다.

인간은 기분 좋게 만드는 것을 좋아하게 된다

호감의 법칙: '우리는 좋아하는 사람의 부탁을 거절하기 힘들다'

우리는 우리와 비슷한 사람을 좋아한다. 같은 학교에 다녔거나 같은 정치적 성향이 있는 사람을 보면 더 호감을 느낀다. 또 우리가 야구 경기를 본다면, 자신의 고향 팀이 승리하면 왠지 모르게 기분이 좋을 것이다. 그리고 브랜드는 이 점을 이용한다.

브랜드는 타깃층을 구체적으로 설정하여, 그들의 취향에 맞을만한 물건을 만들어낸다. 마치 '아, 이 제품은 나를 위해서 만들어졌어'라는 생각을 하게 만드는 것이다. 잘 만들어진 제품은 소비자들이 그 브랜드의 정체성이 자신의 정체성과 유사하다고 생각하게 한다.

인간은 상실을 고통스러워한다

희귀성의 법칙: '이번 기회는 매우 드물다'는 사실은 기회 자체를 더 매력적으로 만든다.

여러 심리학 연구를 통해 사람들은 가치가 같은 경우 '얻는 것'보다

'잃는 것'에 훨씬 고통스러워한다는 게 밝혀졌다. 예를 들면, 우리는 100만 원을 얻는 것보다 잃는 것을 더 두려워한다.

그리고, 이 심리 기제는 희귀성의 법칙과 잘 들어맞는다. 예를 들면, 한정 판매나 행사를 하는 기간을 정하는 것이다. 이런 이벤트는 소비자에게 중요한 기회를 잃을 가능성이 있다는 것을 상기시켜준다. 그리고 상실에 대한 두려움은 다른 사람에게 이것이 마지막 기회일지 모른단 생각을 만든다.

TIP & POINT ──────────────────────────────

① 인간에게는 공통으로 작용하는 법칙이 존재한다. 인간에게 공통으로 작용하는 법칙은 다음과 같다.

② 유발기제는 이 센서에 다가가는 것처럼, 사람의 마음을 쉽게 열기 위해 하는 특정 행동을 의미한다.

　· 일관성의 법칙: 인간은 어떤 태도를 보이면, 이를 유지하려는 일종의 심리적 부담이 작용한다.

　· 상호성의 법칙: 인간은 다른 사람이 베푼 호의를 그대로 갚아야 한다는 강박에 시달린다.

　· 사회적 증거의 법칙: 우리는 다른 사람의 행동에 따라 어떤 행동이 옳은 것인가 결정한다.

　· 호감의 법칙: 인간은 좋아하는 사람의 부탁을 거절하기가 힘들다.

　· 희귀성의 법칙: 이번 기회는 드물다는 사실은 기회 자체를 더 매력적으로 만든다.

──────────────────────────────

디자인&브랜딩

참고문헌

· 모빌스 그룹, ≪프리워커스≫, 알에이치코리아, 2021
· 문장현·정재완·심우진·이경수·최성민, ≪섞어짜기≫, 활자공간, 2016
· 밥 길, ≪이제껏 배운 그래픽 디자인 규칙은 다 잊어라. 이 책에 실린
  것까지.≫, 민구홍 옮김, 작업실유령, 2017
· 사이먼 시넥, ≪나는 왜 이 일을 하는가?≫, 이영민 옮김, 타임비즈, 2013
· 야마구치 슈, ≪뉴타입의 시대≫, 김윤경 옮김, 인플루엔셜, 2020
· 캐서린 슬레이드브루킹, ≪브랜드를 만드는 힘은 직관이나 감성이 아니다.
  촘촘한 실무의 단계들이다. 디자인이다.≫, 이재경 옮김, 홍디자인, 2018

참고사이트

· https://www.ted.com/talks/simon_sinek_how_great_leaders_inspire_a
  ction?language=ko
· https://slownews.kr/62180
· http://yck.kr/html/contents/magazine01_view?idx=2183
· https://www.youtube.com/watch?v=HeiiHZx-BjM

참고강연

· 이수지, 〈'책'이어서 더 즐거운 그림책〉, 스틸북스, 2020
· 에디시옹 장물랭, 〈독립출판 워크숍〉, B플랫폼, 2020

인터뷰

· Two More Steps, 〈코딩을 몰라도 웹사이트를 만드는 방법〉에 대한 조언

마케팅

참고문헌

· 게리 바이너척, ≪잽, 잽, 잽, 라이트훅≫, 박선령 옮김, 위키미디어, 2014
· 게리 바이너척, ≪크러쉬 잇! SNS로 열정을 돈으로 바꿔라≫, 최소영 옮김, 천그루숲, 2019
· 라이언 홀리데이, ≪그로스 해킹≫, 고영혁 옮김, 길벗, 2015
· 라이언 홀리데이, ≪창작의 블랙홀을 건너는 크리에이터를 위한 안내서≫, 유정식 옮김, 흐름출판, 2019
· 로버트 기요사키, ≪부자들의 음모≫, 윤영삼 옮김, 흐름출판, 2010
· 모건 하우절, ≪돈의 심리학≫, 이지연 옮김, 인플루엔셜, 2021
· 세스 고딘, ≪보랏빛 소가 온다≫, 이주형 옮김, 재인, 2004
· 세스 고딘, ≪린치핀≫, 윤영삼 옮김, 라이스메이커, 2019
· 엠제이 드마코, ≪부의 추월차선≫, 신소영 옮김, 토트출판사, 2013
· 엠제이 드마코, ≪언스크립티드≫, 안시열 옮김, 토트출판사, 2018
· 이시하라 아키라, ≪가격인상의 기술≫, 이상훈 옮김, 매일경제신문사, 2016
· 조나 버거, ≪컨테이저스 전략적 입소문≫, 정윤미 옮김, 문학동네, 2013
· 조나 버거, ≪보이지 않는 영향력≫, 김보미 옮김, 문학동네, 2017
· 조나 버거, ≪캐털리스트≫, 김원호 옮김, 문학동네, 2020
· 잭 트라우트·알 리스, ≪포지셔닝≫, 안진환 옮김, 을유문화사, 2021
· 천영록·제갈현열, ≪부의 확장≫, 다산북스, 2020
· 한스-게오르크 호이젤, ≪뇌, 욕망의 비밀을 풀다≫, 강영옥·김신종·한윤진 옮김, 비즈니스북스, 2019

참고사이트

· https://www.youtube.com/watch?v=vy31RUBrnF0
· https://www.youtube.com/c/MoTVshow
· https://www.ted.com/talks/adam_grant_are_you_a_giver_or_a_taker
· https://www.youtube.com/watch?v=HeiiHZx-BjM

심리&뇌과학

참고문헌

· 그레고리 번스, ≪상식파괴자≫, 김정미 옮김, 비즈니스맵, 2010
· 대니얼 카너먼, ≪생각에 관한 생각≫, 이창신 옮김, 김영사, 2018
· 라이언 홀리데이, ≪스틸니스≫, 김보람 옮김, 흐름출판, 2020
· 로버트 그린, ≪권력의 법칙≫, 안진환·이수경 옮김, 웅진지식하우스, 2009
· 로버트 그린·50 cent, ≪50번째 법칙≫, 안진환 옮김, 살림Biz, 2009
· 로버트 그린, ≪인간 본성의 법칙≫, 이지연 옮김, 위즈덤하우스, 2019
· 로버트 그린, ≪인간 욕망의 법칙≫, 안진환·이수경 옮김, 웅진지식하우스, 2021
· 로버트 치알디니, ≪설득의 심리학≫, 황혜숙 옮김, 21세기북스, 2013
· 리처드 코치, ≪80/20 법칙≫, 공병호 옮김, 21세기북스, 2018
· 말콤 글래드웰, ≪티핑포인트≫, 임옥희 옮김, 21세기북스, 2016
· 앨런 가넷, ≪생각이 돈이 되는 순간≫, 이경남 옮김, 알에이치코리아, 2018
· 조던 B. 피터슨, ≪질서 너머≫, 김한영 옮김, 웅진지식하우스, 2021
· 제임스 클리어, ≪아주 작은 습관의 힘≫, 비즈니스북스, 2019
· 칩 히스·댄 히스, ≪스틱!≫, 안진환·박슬라 옮김, 엘도라도, 2009
· 팀 페리스, ≪타이탄의 도구들≫, 박선령·정지현 옮김, 토네이도, 2020
· 팀 페리스, ≪마흔이 되기 전에≫, 박선령·정지현 옮김, 토네이도, 2018
· 황농문, ≪몰입 두 번째 이야기≫, 알에이치코리아, 2011

[에필로그]

책 읽는 과정과 창작의 상관관계에 관하여

나는 책을 꾸준히 읽는 종류의 사람이 아니었다. 한 챕터는 물론, 책 한 페이지 넘기는 것조차 힘겹게 느껴졌다. 하지만, 책에 대한 생각이 바뀌면서 꾸준히 읽는 게 가능해졌는데, 직접 체험해보면서 느낀 요령에 관해서 설명하려고 한다.

내가 책과 가까워지기 시작한 때는, 책 읽는 과정이 사금 덩어리를 줍는 것과 비슷하다고 생각하면서부터다. 어떤 사람들의 눈에는 정보가 그냥 평범한 돌덩어리에 지나지 않지만, 누군가의 눈에는 반짝이는 사금으로 보인다. 누군가는 아무런 기회를 못 찾지만, 다른 누구는 기회를 찾고야 만다. 왜 이러한 차이가 생기는 걸까?

먼저, 사금을 주우려는 사람들은 자신에게 필요한 걸 찾겠다는 생각을 하고 상황을 기민하게 살핀다. 뭐라도 찾으려는 의지가 있는 사람의 눈에는 평범한 것도 다르게 보이는 법이다. 책 읽는 과정에도 이러한 논리가 적용된다.

우선, 읽고 있는 정보 자체가 자신에게 도움이 되는지부터 생각해보자. 유용하다고 판단되면 그때부터가 정보 수집의 시작이다. 책을 펼쳐 자신만의 사금 조각을 찾겠다고 다짐하면, 나도 모르게 집중해서 읽게 된다. 읽는 과정에서 유용한 정보를 찾으면, 속으로 '심봤다'를 외치며 그 정보를 살뜰히 살피자. 그리고 그 정보를 자신의 머리에 조심스레 담아두자. 그 조각들을 모으는 재미에 빠진다면, 누가 시키지 않아도 짬짬이 책을 읽게 된다.

다음으로, 사금을 줍는 사람들은 자신에게 필요한 정보인지 아닌지를 거르는 정제 과정을 거친다. 사실 책 한 권에 유용한 정보도 많지만, 쓸모없는 정보도 많다. 하지만, 정제한 정보는 일차적으로 불순물을 거른 '나만의 정보'가 된다. 이 정보를 표시해서 반복적으로 읽으면, 단기기억이 장기기억으로 전환되기 시작한다. 이러한 장기기억은 자신만의 유용한 소스가 된다.

마지막으로, 사금을 줍는 사람들은 자신의 조각들을 순도 높은 아이디어로 구체화한다. 책을 읽다 보면, 이전에 읽었던 정보들과 새로 읽었던 정보들의 유사한 부분이 머릿속에서 충돌한다. 이와 관련하여 노벨 경제학상을 받은 심리학자 대니얼 카너먼은 "지능은 논리적 사고력이 전부가 아니다. 지능은 필요할 때 어떤 문제와 연관된 대상을 기억에서 찾아내어 거기에 주목하는 능력이기도 하다."라고 말했다.

나는 이러한 종류의 지능도 있다는 걸 처음 알게 되었을 때 깜짝 놀랐다. 이 지능은 놀랍도록 디자인 과정과 유사했기 때문이다.

디자이너는 여러 레퍼런스를 찾아보면서, 유사성이 있는 시각적 정보를 연결 짓는다. 그리고 그 정보들을 잘 섞어, 새로운 종류의 해결책을 내놓는다. 디자인 과정이 우뇌형 사고방식을 훈련하는 셈이었다. 이처럼 창작 계열에 있는 사람들이 우뇌를 많이 사용한다고 알려진 건 결코 우연이 아니다.

우뇌는 겉으로 달라 보여도 기본적으로 공통점을 가진 개념들 사이의 연관성을 찾아 문제를 해결한다. 이러한 지능은 시험이나, 논리성으로 측정할 수 없다. 따라서, 책을 읽는다고 시험 성적이 갑자기 좋아지지는 않을 것이다. 하지만 관련 기억을 찾아내는 종류의 지능이 발달하면서, 순도 높은 아이디어를 떠올릴 가능성이 증가한다.

물론 아이디어 자체만으로 문제 해결을 할 수 없다. 적절한 실행력이 뒤따라야 하기 때문이다. 하지만 모래로 성을 쌓아봤자 모래성일 뿐이다. 더군다나 모래조차 없으면 아무것도 만들 수 없다. 평소에 좋은 정보를 두뇌에 쟁여놓지 않는다면, 좋은 아이디어의 가능성 역시 낮아진다. 나는 이게 창작하는 사람들이 자신만의 정보를 모아야 하는 이유라고 생각한다.

책 말미에 이런 얘기를 해서 미안하지만, 이 책을 다 읽었다고 해서, 갑자기 실력이 좋아지지는 않을 것이다. 하지만 꾸준히 읽다 보면 작업에 반드시 성과가 나타나게 되어있다. 이 책이 다른 책을 더 쉽게 읽어나갈, 기초 교양서적쯤이라고 생각했으면 좋겠다. ≪대체 불가능한 창작자가 되는 법≫은 여러 책에서의 유사성을 바탕으로, 창작자의 정체성을 만드는 법과 관련된 유용한 정보를 일차적으로 걸렀을 뿐이다.

이를 더 발전시키는 것은 여러분의 몫이다. 책 말미에 각주를 통해, 더 깊이 파고들고 싶은 부분을 따로 더 공부하길 바란다. 다른 책도 꾸준하게 읽어나가면서, 당신만의 흥미와 작업을 더 발전시키는 데 도움 되기를 간절히 바란다!

대체 불가능한 창작자가 되는 법

초판 1쇄 발행 2021년 12월 03일
3쇄 발행 2023년 08월 22일

지은이 | 여정
디자인 | 여정 이현중
기 획 | 여정
발행인 | 신하영 이현중
발행처 | Deep&Wide

주 소 | (03971) 서울특별시 마포구 성미산로 1길 21 사울빌딩 302호
이메일 | deepwidethink@naver.com
ISBN | 979-11-91369-01-4